D1665970

HET RATTEPLAN

Tor Seidler

HET RATTEPLAN

vertaald door Huberte Vriesendorp
met tekeningen van Fred Marcellino

Uitgeverij Ploegsma Amsterdam

Dit boek werd bekroond
met een Zilveren Griffel

ISBN 90 216 0770 0

Derde druk 1989
Oorspronkelijke titel: 'A Rat's Tale'
Verschenen bij: Farrar Straus & Giroux, New York U.S.A.
© Tekst: Tor Seidler, mcmlxxxvii
© Illustraties: Fred Marcellino, mcmlxxxvii
Copyright Nederlandse uitgave: Uitgeverij Ploegsma bv, Amsterdam
Verspreiding in België: C. de Vries-Brouwers bvba, Antwerpen

Het was een klamme dag midden in de zomer. De vochtige hitte had de meeste dieren van Central Park thuisgehouden. Alleen een jonge rat die Martinus Mal-Rat heette – of om precies te zijn Martinus Mal-Rat junior – was druk bezig veren te verzamelen onder de bomen boven het waterreservoir waar de vogels hun veren altijd verzorgden. Toen hij zoveel veren bij elkaar had als hij in zijn staart kon rollen kroop Martinus door het kreupelhout naar de bessestruiken bij het grote grasveld. Daar verzamelde hij in zijn mond rijpe afgevallen bessen in zoveel mogelijk verschillende kleuren. De bessen waren voor zijn moeder die er verf van kookte. Daarmee verfde ze de veren waar ze nogal buitenissige objecten van maakte, die je misschien het beste rattehoedjes zou kunnen noemen.

Met uitpuilende wangen ging Martinus op weg naar huis. De snelste weg liep via een ondergrondse afvoerpijp die uitkwam op Columbus Cirkel aan het einde van de grote park. Het kostte altijd wel veel tijd er te komen vanwege zijn zigzag-route onder struiken en banken door. Martinus was doodsbenauwd dat hij andere jonge ratten tegen zou komen. Als ze hem weleens zagen lachten ze hem uit. Dat kon hij ze niet kwalijk nemen, met zijn bolle wangen en het boeket veren in zijn staart. Maar een keer had hij zich in het park aangesloten bij een groepje jonge kaderatten nog vóór hij veren en bessen had gezocht en zij hadden hem toch uitgelachen en nagewezen. Er was ken-

7

nelijk iets mis met hem – maar wat? Dit raadsel had hem sindsdien voortdurend beziggehouden en hem schuw gemaakt.

Op deze zomerse middag was Martinus zigzaggend halverwege het park gekomen toen de lucht bladstil werd. Het leek alsof de hemel zijn adem inhield. Hij stak zijn snuit onder een forsythiastruik uit en keek over de schapeweide. Zoals altijd was er geen schaap te bekennen; wel liepen overal de gewone reusachtige mensenkinderen met ijsjes en ballonnen. In de verte klonk een zacht geluidje alsof een rat over een zinken dak rende. Plotseling klonk een donderslag. Dit scheen de hemel als teken te beschouwen niet langer zijn adem in te houden. Het zwakke gerammel zwol aan tot een luid geritsel en alle bomen rond het grasveld bogen hun kruinen in de harde windvlaag. De mensenkinderen vluchtten weg en lieten van schrik hun kleurige ballonnen los. De ballonnen schoten omhoog, de regendruppels vielen omlaag. Ze ontmoetten elkaar en de regen won: in één seconde knapten alle ballonnen.

Tegen de tijd dat Martinus eindelijk het park uit was en op Columbus Cirkel kwam was zijn gladde, grijze vacht doorweekt en was hij de helft van zijn moeders veren kwijt. Op Columbus Cirkel was het een drukte van belang. Taxi's en bestelwagens toeterden en drijfnatte mensen renden alle kanten op. Het was bepaald geen plek om lang rond te blijven hangen. Martinus wilde net de stoep afduiken naar de beschutting van een ondergrondse afvoerpijp toen zijn scherpe ogen iets zagen. Een groepje keurige ratten was gestrand aan de voet van het hoge beeld midden op Columbus Cirkel en stond dicht bijeen onder bontgekleurde paraplu's. Martinus was verbaasd. Hij had nog nooit ratten met paraplu's gezien. Een reusachtige bus

8

reed naar het beeld toe. Eén voor één sprongen de ratten
op het achterspatbord van de bus, waar ze netjes op een rij
bleven zitten met hun paraplu's boven hun hoofd. Toen de
bus wegreed greep een sterke windvlaag de paraplu van de
rat die op het uiterste puntje van het spatbord zat. De
paraplu zweefde en wentelde door de lucht hoog boven
het verkeer.

Hij kwam neer onderaan de stoep, nog geen meter van
de plaats waar Martinus stond. Aan het handvat zat een

jonge vrouwtjesrat met betoverende kraalogen die verwonderd knipperden. Ze nieste toen ze de stoep opklau-
terde en met haar vrije voorpoot fatsoeneerde ze het
blauwe lint om haar hals. Martinus had nog nooit een rat
met een lint gezien.

„Dat was me even wat," zei ze. Ze lachte hem toe van
onder de rand van haar paraplu die van glimmend plastic
was gemaakt. „Zag je dat?"

Door de bessen in zijn mond kon Martinus alleen maar
knikken.

„Het was geweldig opwindend," verklaarde ze. „Ben jij
ook een kaderat?"

Hij knikte nog eens.

„Dat dacht ik al. Alleen zie je er zo donker uit en je wangen... ik wil je niet beledigen maar het zijn net hamster-
wangen. Had je je paraplu thuis laten liggen?"

Omdat hij helemaal geen paraplu bezat was die vraag
moeilijk te beantwoorden zonder te praten. Hij glimlachte
maar een beetje. Ze barstte in lachen uit.

„Je moet het me maar niet kwalijk nemen," zei ze met
twinkelende grijze kraalogen, „maar die glimlach van
jou... Hoe kom je eigenlijk aan die wangen?"

Zijn glimlach verdween.

„O, ik wilde je niet beledigen. Maar die wangen, die veren en geen paraplu terwijl zich vanmorgen al donkere
wolken samenpakten boven de rivier."

Bij deze gedachte moest ze onweerstaanbaar giechelen.
Ze drukte een poot tegen haar snuit om het op te laten
houden. Op hetzelfde ogenblik gierde een sterke windvlaag over Columbus Cirkel en rukte de paraplu uit haar
andere poot. De paraplu zeilde weg het park in over de
buigende boomtoppen heen. Hij werd kleiner en kleiner

tot hij in de grijze verte verdween als een vogel die naar het noorden trekt voor de zomer.

„Nee maar!" zei ze.

Nu de vacht van de vrouwtjesrat net zo doorweekt dreigde te raken als de zijne wees Martinus met zijn poot op het rooster om haar uit te nodigen als eerste de afvoerpijp in te gaan. Ze staarde hem bevreemd aan.

„Wil je dat ik de straat oversteek?" vroeg ze terwijl ze met haar ogen knipperde in de stromende regen. „Zouden we niet beter kunnen wachten tot het licht groen wordt?"

Martinus zwaaide nu wat heftiger met zijn poot in de richting van het afvoerputje.

„O jee," zei ze. „Heb je daar een cent in laten vallen? Jeminee, wat een uitje! Ik word door- en doornat."

Het was nu geen tijd meer voor goede manieren, vond Martinus. Hij wenkte haar om hem te volgen, sprong op het rooster en glipte erdoor naar beneden. Hij landde op de oever van een wilde ondergrondse stroom in de afvoerpijp. Daar bleef hij wachten met zijn ogen op het rooster gericht. Na een poosje verschenen een wipsnuitje en een paar kraaloogjes in de opening van het rooster.

„Ben jij daar beneden?" riep ze. „Ik zie geen barst."

„Hier ben ik!" antwoordde hij. Het was een opluchting dat ze niets kon zien want bij het praten drukten zijn kaken een paar bessen plat en het sap begon van zijn snuit te druipen.

„Mankeer je niets?" vroeg ze. „Wat vervelend dat je uitgleed."

„Ik gleed niet uit. Waar woont u eigenlijk, juffrouw?"

„Kade 62, nummer 11."

„Nou, spring dan maar naar beneden, dan zal ik u thuisbrengen."

„Naar beneden, de góót in?"

Martinus staarde om zich heen in het afvoerputje. „U wilt toch niet door de regen lopen, he?" vroeg hij.

„Die stem van jou!" zei ze giechelend.

Door de bessen klonk zijn stem inderdaad een beetje slurperig. Waarom, o waarom moest hij ze ook nu precies in zijn mond hebben? Toch herhaalde hij zijn aanbod. „Maar misschien moet ik me eerst voorstellen," zei hij. Ik ben Martinus Mal-Rat."

„Dat bestaat niet."

„Toch is het zo."

„Wat een rare naam. Sorry."

„Mag ik weten hoe u heet?"

Opnieuw klonk een heldertinkelende lach van boven. Martinus had nog nooit iemand ontmoet die alles zo grappig vond.

„Dan zou je nog steeds een vreemde zijn," redeneerde ze. „En ik ben bang dat ik van mijn moeder niet met vreemden mee mag, zeker niet de goot in."

Het stoplicht van Columbus Cirkel sprong op groen. Taxi's en vrachtauto's kwamen aanronken. Ze reden sissend door een nieuwe plas en deden gordijnen van water opspatten. Een daarvan kwam precies neer op het rooster.

In het schemerlicht in het afvoerputje zag Martinus niet meer dan een flits van pootjes. Maar hij hoorde de plons. De mooie rat was in de ondergrondse stroom gevallen! Het water had haar bijna meegesleurd; nog net op tijd gooide hij haar zijn staart toe. Daarbij verloor hij de laatste van zijn moeders veren die meteen door de stroom werden meegevoerd.

„Tjongejee!" riep de drijfnatte jonge rat terwijl ze zich op de kant trok. „Dat was helemaal te gek!"

12

„Is alles in orde?" vroeg Martinus.

Ze liet zijn staart los. „In orde? Ja hoor – alleen is mijn vacht kletsnat, mijn paraplu verdwenen, mijn strik naar de knoppen, de bus gemist en sta ik druipend in een afvoer-put op het randje van longontsteking!"

„Het spijt me verschrikkelijk."

„Waarom? Daar kan jij toch niets aan doen."

„O dank u wel."

„Waarvoor?"

„Dat u mij niet de schuld geeft."

Ze klapte in haar modderige poten. „Is het een familie-afwijking of zoiets? Die stem van jou, bedoel ik."

„O nee, het is alleen... Weet je... ik heb mijn mond vol bessen."

„Bessen? Wat walgelijk! Ik heb nog nooit gehoord van een kaderat die bessen eet. Weet je zeker dat je een kaderat bent?"

„Honderd procent."

„Je hebt wel een mooie lange staart."

„Dank u wel."

„Denk je dat er bacillen zitten in dit water?"

„Het is gewoon regenwater."

„O. Moeder zegt dat je nooit weet waar je allemaal ba-cillen kunt oplopen. Ben jij hier al eens eerder geweest in dit akelige hol?"

„Ik kom hier bijna elke dag. Het is de kortse weg naar huis."

„Nee maar! Waar woon jij?"

„Nou... Niet zo ver van kade 62 vandaan eigenlijk."

Het rooster boven hun hoofd sidderde en zij ook.

„Wat was dat?"

„Gewoon het verkeer."

14

„Ik vind het doodeng. Wil je me nu alsjeblieft naar huis brengen?"

Martinus verzekerde haar dat het hem een eer zou zijn en ging haar voor langs de oever van de ondergrondse stroom. Twee of drie keer per blok keek hij even over zijn schouder naar de prachtige kraalogen die achter hem glansden in het schemerduister. Haar stem was ook prettig gezelschap, terwijl zij babbelde over haar uitje naar de stad en zijn vraag beantwoordde over haar paraplu. Ze legde uit dat die afkomstig was uit een feestartikelenwinkel.

„Ben jij zelf de winkel ingeslopen?" vroeg hij verbaasd.

„Ik? Ben je nou helemaal!"

„O. Je vader dan?"

„Kom nou! Papa heeft geen tijd voor die geintjes. Hij koopt ze van de pakratten."

„O."

Na een poosje ging Martinus door een ander rooster omhoog. Aan de overkant van de straat lag het water. Het regende niet meer. De lucht was helder en de straatstenen hadden een prettige schoongewassen geur.

„Dat was echt snel!" riep ze uit toen ze naast hem op de stoep stond.

Martinus wees naar de overkant van de straat. „Dat is kade 62."

„Dat zie ik ook wel. Heb jij een bloedsnuit?"

Martinus liet zijn snuit zakken en veegde hem af met een poot. „Nee, dat is bessesap," mompelde hij verlegen.

„Jij en je bessen! En wat is er met je veren gebeurd?"

„O, die had ik niet echt nodig."

Ze hield het verkeer in de gaten. Het werd stil en ze liet zich van de stoep afglijden. Maar ineens stond ze stil.

15

„Je hebt ze voor mij laten vallen, he? Toen je mij uit de modder trok?"

Martinus haalde zijn schouders op. Ze kwam weer boven en gaf hem een zoen op zijn snuit. Daarna draaide ze zich om en schoot gracieus de straat over naar een van de grote kaden die zich ver in de rivier uitstrekten.

Terwijl Martinus voorraden voor zijn moeder verzamelde stroopten de andere jonge ratten van New York de straten af op zoek naar geld. Maar Martinus kende niet veel andere jonge ratten. Wanneer hij niet door het park dwaalde was hij thuis. Natuurlijk kwam hij wel eens iemand tegen in de goten, maar tot vanmiddag had hij nog nooit een jonge rat ontmoet – en zeker niet gesproken – die zo mooi en zo bijzonder was als... Tja, ze had niet eens haar naam genoemd.

Onweerstaanbaar aangetrokken door haar schoonheid stak Martinus de straat over naar de plaats waar ze was verdwenen, in een spleet tussen de vergrendelde schuifdeuren van een pakhuis.

Uit de spleet klonk een achterdochtig stemmetje. „Jaaa. En voor wie komt u dan wel?"

Martinus tuurde naar links en naar rechts maar hij zag niemand. „Ik zoek nummer elf," probeerde hij.

„O, nummer elf."

Pas toen Martinus naar beneden keek zag hij het wachtmuisje. Het stond kaarsrecht in de houding als een soldaat. Maar zijn volmaakte houding woog niet op tegen zijn geringe formaat.

„Wordt u verwacht door de familie Uitewael-Rat?" informeerde het wachtmuisje.

„Nee," zei Martinus. Alleen al de klank van haar achternaam maakte hem opgewonden. „Maar als..."

„Lieve hemel, Rat!" gilde het muisje. „U bloedt over

17

mijn hele entree!"

Martinus veegde zijn snuit nog eens af. Hij had niet begrepen dat het stoffige stukje asfalt een entree was. „Het spijt me geweldig. Het is alleen maar bessesap."

„Nou, blijft u alstublieft buiten staan."

Martinus deed een paar stappen naar achteren.

„Die ratten altijd," mompelde het muisje dat nu in de spleet kwam staan. „En wie van de familie Uitewael-Rat had u gehad willen hebben?"

„Dat weet ik niet precies."

„Ach, dat weet u niet precies. En wie kan ik zeggen dat er is. Of weet u dat ook niet precies?"

Martinus dacht na. Om de een of andere reden was er niets ter wereld dat hij liever wilde dan de beeldschone jonge Uitewael-Rat terugzien. Maar hij besefte dat zoals hij er nu uitzag, druipnat en onder het bessesap, het alleen maar slecht af kon lopen. Dus draaide hij zich om en sloop droevig weg terwijl het kaarsrechte wachtmuisje achter zijn rug doorging met klagen over de ratten.

Martinus glipte door het rooster aan de overkant van de straat, volgde een paar blokken lang de ondergrondse stroom en sloeg toen een gebarsten cementen pijp in. Even later sloegen dikke rookwolken hem tegemoet. Hij was thuis.

Lang geleden had bij een zwakke plek in het cement een aardverschuiving plaatsgevonden en in de sindsdien doodlopende rioolbuis woonde de familie Mal-Rat. Hoog op de modderige helling die de achtermuur van hun woning vormde, werkte meneer Mal-Rat hard aan een modderkasteel, zijn honderdzevende. De andere honderdzes kastelen stonden verspreid over de helling beneden hem. Mevrouw Mal-Rat scharrelde intussen beneden rond en porde in rokerige vuren die onder soepblikken smeulden. Bij haar rondgang van blik naar blik struikelde ze over haar jongen. Ze bleef doof voor het gekrijs van haar allerjongsten – een zestal blinde, kale rattebaby's die opgerold in een sardineblikje aan de voet van de helling met de modderkastelen lagen. De vacht van mevrouw Mal-Rat zat vol veertjes en bontgekleurde veren hoeden hingen aan de ronde cementwanden van de rioolbuis. Martinus was wel gewend aan het gekrijs, de kastelen, de rook en de veren rattehoeden, maar vanmiddag benauwde dit alles hem een beetje.

,,Gelukkig dat je er bent!'' riep mevrouw Mal-Rat boven

19

het gekrijs van de jonkies uit toen hij uit de rook op-
doemde.

„Het spijt me dat ik zo laat ben, moeder. Maar er was
een onweersbui en...”

„Je praat, Mart!” zei moeder Mal-Rat. „En waar zijn
mijn veren?”

Voor hij uit kon leggen wat er gebeurd was legde ze hem
het zwijgen op en nam hem mee naar een oud tonijnblikje
waarin hij de bessen uit zijn wangzakken spuugde. Toen
zijn moeder in het blikje keek, viel ze bijna in ratzwijm en
moest hij haar ondersteunen.

„Mijn kleuren,” zei ze zwakjes. „Allemaal doorge-
lopen.”

„Ach, het spijt me ontzettend.” Bij het praten met de
jonge vrouwtjesrat waren al zijn moeders bessen tot pulp
vermalen.

„En... en waar zijn mijn veren?”

„Zie je, moeder. Er was een verschrikkelijke onweersbui
en...”

„En toen zijn zeker al mijn veren verloren gegaan. Allemaal.”

„We kunnen de vuren beter doven.” Eén voor één
maakte Martinus de vuren onder de kleurblikken uit.
Toen hij klaar was met dit treurige werkje probeerde hij
zijn moeder wat af te leiden met een kleurrijke beschrij-
ving van het noodweer. Maar ze bleef van het ene blik
naar het andere strompelen om er ontdaan in te staren.
Het sneed hem door de ziel haar zo te zien.

Na een paar minuten schoot hem iets te binnen. „Komt
tante Elisabet vandaag niet terug uit Bermuda, moeder?
Laten we haar gaan afhalen. Kom mee. En neem dan één
van uw...” Hoeden mee om te wuiven, had hij willen zeg-

20

gen, maar hij wist het tere onderwerp net op tijd te vermijden. Zijn moeder keek niet erg enthousiast, maar ze gaf hem haar poot. En toen ze een eindje bij haar rook en haar hoeden vandaan was vrolijkte ze wat op.

Ze troffen een dichtopeengepakte mensenmassa aan op de kade. Martinus leidde zijn moeder voorzichtig rond de menigte en hielp haar met zijn staart op een meerpaal op het puntje van de kade. Van daaruit hadden ze een wijds uitzicht over de haven waar een heel konvooi sleepboten een reusachtige oceaanstomer binnenloodsten. De stoomfluiten van het schip weerklonken, de late middagzon legde een gouden gloed over het water en alles bij elkaar zag het er heel feestelijk uit – op de mensen na dan.

Toen het schip was afgemeerd, werd de loopplank uitgelegd en mensen met strohoeden en bonte Bermudashorts stroomden schreeuwend met hun oorverdovend harde stemmen het schip af. De paal bevond zich op veilige afstand van dit alles en was heel goed uitgezocht want de stuurboordtros werd eromheen gelegd. Al gauw kwam er een rat met een bijzondere Franse sigarettendoos op haar rug de kabel afdansen.

Het was tante Elisabet Mal-Rat. Al was ze niet zo jong meer, tante Elisabet was nog steeds een mooie, exotische vrouwtjesrat zonder een spoor van grijs in haar vacht. Aan het begin van haar staart droeg ze een zilveren ring bewerkt met een patroon van zonnen en manen. Bij de paal aangekomen zette ze het Franse sigarettendoosje met een dansende zigeunerin erop neer en slaakte een diepe zucht.

„Je neus is zo bruin als een koffieboon, Liesje," zei mevrouw Mal-Rat hartelijk. „Hoe was de reis?"

„O, het was hemels." Tante Elisabet keek weemoedig om naar oceaanstomer. „De boot voor de Bahama's ver-

trekt pas overmorgen.''

Mevrouw Mal-Rat voelde met haar mee. ,,Maar dan krijgen wij je tenminste ook weer eens te zien.''

,,Ik vind het ook leuk jullie weer eens te zien. En Manhattan is natuurlijk ook eigenlijk een soort eiland, al zou je dat zo niet zeggen.''

,,Nou, Liesje. Het is wel niet een van jouw paradijselijke tropische eilanden, maar het is inderdaad een soort eiland.''

,,En daar hebben we Martinus ook. Dag, Martinus, bonjour.''

,,Dag tante Elisabet.''

,,Je bent gegroeid, Martinus. Je staart in ieder geval wel. Je krijgt echt een mooie volle staart.''

,,Dank u wel, tante,'' zei hij, al had ze vorige maand precies hetzelfde gezegd.

Het viel niet mee tante Elisabet los te rukken van het uitzicht op de oceaanstomer. Zijn tante was dol op het luxe en exotische leven aan boord. Martinus had zelfs horen zeggen dat haar liefde voor het maken van bootreizen naar verre eilanden de reden was dat ze was weggegaan bij de geheimzinnige oom waarnaar hij was vernoemd; Martinus Mal-Rat senior. Maar uiteindelijk kregen ze haar de kade af en het riool in.

Toen ze thuiskwamen was de rook al heel wat minder geworden en het gekrijs van de rattebaby's was overgegaan in een slaperige gepiep. Meneer Mal-Rat, nog steeds hoog op zijn helling, stak een poot op ter begroeting en werkte verder aan de kantelen van zijn honderdzevende kasteel. Mevrouw Mal-Rat kon het niet over haar hart verkrijgen een vuur aan te maken als er geen goede bessen in huis waren om verf van te koken, dus diende ze een kou-

de maaltijd op. Onder het afwassen bekeek Martinus zich
in het kapotte spiegeltje dat tegen de wand stond – iets wat
hij anders nooit deed. Hij veegde de laatste vlekken van
zijn snuit en bestudeerde de groei van zijn zachte snorharen en de vorm van zijn hoofd. Hij keek fronsend naar
zijn spiegelbeeld. Hoe langer hij keek hoe zekerder was hij
ervan was dat zijn oren niet precies even groot waren.

Na het eten moest hij van tante Elisabet de sigarettendoos openmaken. Er zaten geen sigaretten in maar wel,
onder andere, twee doorschijnende gouden schelpen.

„Dank u wel, tante," zei Martinus dankbaar. „Ze zijn prachtig."

„Ja, he? Daar zul je vast met plezier aan werken," zei ze. „Mag ik zien wat je van het laatste stel hebt gemaakt?"

Het laatste stel bestond uit twee schelpen die ze voor hem had meegebracht van een winterreis naar het Caribische gebied. Hij trok een flink formaat lucifersdoos open aan het voeteneind van zijn nestachtige bed en haalde er de twee bovenste schelpen uit.

„O, Mart, die zijn echt beeldig geworden," zei tante Elisabet. „Wat een prachtige blauw-groene kleur."

Op de schelp die tante Elisabet bekeek had hij een gardenia geschilderd die hij een keer in Central Park had gevonden – zeker uit het knoopsgat van een mens gevallen – tegen een achtergrond van blauw, zijn lievelingskleur. Hij had er drie maanden aan gewerkt. Hij beschilderde de schelpen met de geslepen pen van een veer, puntje voor puntje, met het sterke, dikke drab dat in zijn moeders verfblikken achterbleef. Het andere schelpschilderij van een vlindervleugel, die hij ook in het park had gevonden, was nog maar half af.

„Ja," verzuchtte tante Elisabet. „Wat een schitterend vakmanschap. Je moet onderhand een prachtige verzameling hebben, wel zo'n stuk of twaalf schat ik."

„Dank zij u."

„Nou, ik doe mijn best voor je, Mart."

Dat was waar. Tante Elisabet zorgde er voor dat hij altijd genoeg verfijnde gouden doeken had. En hoe langzaam en moeizaam het schilderen ook ging, hij deed het met veel plezier. Tot het onweer van die middag was hij net als zijn familie, er altijd van uitgegaan dat het beschilderen van schelpen de grote liefde van zijn leven was.

26

Ratten hebben geen goede naam bij mensen, want sommige ratten knabbelen en knagen nachten lang en verspreiden allerlei bacillen. Omdat ze zoveel minder machtig zijn dan mensen, zijn ze lang geleden gedwongen ondergronds te gaan, tenminste in New York, verbannen naar de duistere, bedompte riolen en kelders. Toen echter enkele tientallen jaren geleden de grote scheepvaartlijnen werden opgedoekt en de menselijke handel voor een groot deel de waterkant verliet, vond er een grote rattenvolksverhuizing plaats. De meeste ratten prefereerden de kaden en pakhuizen verre boven de riolen. Het enige pakhuis dat ze niet hadden bezet was kade nummer 51. Op dat nummer woonde een mens, en ratten moeten al even weinig hebben van mensen als mensen van ratten. Meneer Haven-Mens zoals zij het mens noemden, had al zijn geld geïnvesteerd in het opkopen van de kaden en de pakhuizen precies één maand voor ze in onbruik raakten. Omdat al zijn geld erin zat kon meneer Haven-Mens niet veel anders doen dan daar op zijn eigendom gaan wonen. Hij raakte erg verbitterd – en de ratteninvasie maakte hem er niet vrolijker op.

En zoals dat gaat trokken de snelste en slimste ratten in de pakhuizen met de nummers in de zestig. Dat waren de beste. Omdat daar vroeger de vrachtschepen afmeerden, stonden de pakhuizen vol met lege kratten die luxueuse éénsgezinswoningen vormden. Maar net toen de ratten-families waren gewend aan hun nieuwe, schone, comfor-

27

tabele huizen en ze een regering wilden vormen begon meneer Haven-Mens met een groene kruiwagen van de ene kade naar de andere te rijden. De kruiwagen was hoog opgeladen met rattengif dat hij had gekregen van de Gezondheidsdienst – een wrede grap wat de ratten betreft omdat het gif verre van gezond was. Veel ratten stierven een ratonterende dood. De rest moest kiezen tussen het wonen in vergiftigde luxe of weer ondergronds gaan. Want al waren sommige ratten van goede wil, ze wisten dat ze de menselijke afkeer voor hen nooit zouden kunnen overwinnen.

Maar een slimme rat verzon een plan tegen de groene plaag zoals ze de kruiwagen noemden. De meeste ratten zijn uitstekende scharrelaars, verzamelaars en hamsteraars. Ze zijn bovendien dol op glimmende dingen zoals munten. Omdat de bitterheid van meneer Haven-Mens kwam door het verlies van zijn geld, waar hij voortdurend over zat te griepen, stelde de slimme rat voor hem een soort huur te betalen. De ratten deden al hun geheime voorraadjes geld bij elkaar en gingen de straat op om nog meer te verzamelen. Op een nacht in de zomer toen de reusachtige regenton naast het pakhuis op kade 51 leeg was na een lange droogte, had het rattenvolk van miljoenen ratten, de ton tot bijna de rand gevuld met hun opgespaarde geld, wel vijftigduizend dollar aan munten. Om er geen misverstand over te laten bestaan waar het geld vandaan kwam, hadden ze bovenop een stuk of twaalf vergiftigde lijken van hun mede-ratten gelegd. Al de volgende dag was het vergiftigen als bij toverslag opgehouden. Sindsdien hadden zij iedere zomer de regenton volgegooid met vijftigduizend dollar in munten die ze op straat hadden opgescharreld. Meneer Haven-Mens was allang verhuisd naar een luxe-appartement in de stad – zodat ze

28

meteen ook van hun angstaanjagende buurman af waren –
en liet hen verder ongestoord op zijn waardeloze kaden
wonen.

Van alle kaden was kade 62 misschien wel het deftigst
en het was daar dat Isabel Uitewael-Rat die middag na het
onweer naar binnenschoot na Martinus op de stoeprand
te hebben gekust. Ze glimlachte het piepkleine wachtmuisje toe en begaf zich naar een van de grootste kratten,
krat nummer 11, achterin het pakhuis. Ze glipte door de
achterspleet naar binnen in de hoop haar moeder, die
nogal gauw over haar toeren raakte, te vermijden. Maar
het zat haar niet mee. Haar moeder was net in de keuken
bezig bloemblaadjes te schikken, een bezigheid die mevrouw Uitewael-Rat beoefende om haar gedachten af te
leiden van kaas. Gezien haar mollige figuur had ze er niet
al te veel succes mee.

„Hemeltje!" Van schrik liet ze een rozeblaadje vallen.
„Ben jij dat, Issie? Wat zie je eruit!"

„O ratdorie," mompelde Isabel binnensmonds. „Er was
een ontzettend onweer, moeder. Dat moet je gehoord hebben."

Mevrouw Uitewael-Rat merkte op, dat mevrouw Drees-
Rat net haar Ellie had langsgestuurd met blaadjes afkomstig van een bloemstalletje, en dat Ellie hetzelfde tochtje
had gemaakt als Isabel. „En zij zag er niet uit alsof ze...
door de goot was gesleurd!"

„Ellie is ook niet van de bus afgewaaid," antwoordde
Isabel nogal trots. „O ja, moeder, ik heb mijn paraplu verloren."

„Van de bus afgewaaid? Je paraplu verloren? Hoe ben je
in vredesnaam thuisgekomen? Je bent toch niet in je eentje
met de bus gegaan, wil ik hopen?"

30

„Nee, natuurlijk niet.” Isabel trok het vuile, blauwe lintje van haar hals en gooide het in de vuilnisbak. Ze verklaarde dat het totaal bedorven was.

„Issie, je bent toch niet de metro ingegaan, he?”

„Nee.”

„Nou dan... Hemeltje! Je hebt een bloedneus.”

Gelukkig blozen ratten alleen in hun oren. Isabel veegde vlug de bessesap af die ze op haar snuit had gekregen toen ze Martinus kuste.

„Echt Issie, je ziet eruit als een oude schoen. Hier neem een beetje jongbelegen Goudse.”

Isabel stampte met haar poot. Niet bij de gedachte aan jongbelegen Goudse kaas, maar bij de gedachte dat ze eruitzag als een oude schoen. „Kan ik het helpen dat een vloedgolf mij een afvoerput inspoelde.”

„Een afvoerput?! Isabel Uitewael-Rat! Straks heb je een bacil opgedaan!”

Mevrouw Uitewael-Rat liep bedrijvig weg om hun bad van een hamblik voor haar dochter vol te laten lopen. Ze hadden heel slim een slangetje aangebracht van hun krat naar de watertank op het dak van het pakhuis. Even later lag Isabel vredig tussen de zeepbellen te dromen over haar stormachtige avontuur.

Maar het lag niet in haar moeders aard haar met rust te laten. „Wat deed jij daar in vredesnaam zo dicht bij een afvoerput?” vroeg mevrouw Uitewael-Rat terwijl ze op de gladgeklopte rand van het hamblik ging zitten.

„Het was tijdens een stortbui, moeder,” zei Isabel.

„Maar wat moest je daar dan?”

„Nou, om eerlijk de waarheid te zeggen, ik voerde een gesprek door het rooster.”

„Door het rooster? Toch niet met een onbekende, wil

31

ik hopen? Maar wie van onze kennissen houdt zich nou in afvoerputten op?''

Isabel klopte het schuim op met haar poot. Sinds ze naar de kaden waren verhuisd hadden de meeste ratten hun ondergrondse verleden afgezworen. ,,Tja, het was eigenlijk een onbekende,'' gaf ze toe. ,,Maar hij stelde zich wel voor.''

,,Hij?''

,,Hij was erg aardig, moeder – op een nogal belachelijke manier. Hij heeft mij het leven gered met zijn staart.''

,,Met zijn staart?!'' gilde mevrouw Uitewael-Rat zo buiten zichzelf dat ze bijna in het bad gleed.

,,Ja. Ik weet zeker dat ik naar de verste uithoeken van de aarde zou zijn meegesleurd als hij me niet zijn staart had toegegooid. Hij had nogal een mooie staart, moeder.''

,,Isabel!''

„Nou, het is zo."

„Een onbekende, die zijn staart laat rondslingeren! Echt, Isabel. Soms denk ik dat je vader maar eens een hartig woordje met je moet spreken. Het was toch zeker wel een kaderat, he?"

„Ja, natuurlijk."

„Nou, dat is tenminste iets om dankbaar voor te zijn. En je weet hoe die rat heet?"

„Eerlijk gezegd, weet ik niet of ik hem wel kan geloven. Hij zei dat hij Martinus Mal-Rat heette, maar echt, dat is bijna te zot om waar te zijn, he?"

Mevrouw Uitewael-Rats hysterie verdween. Ze stond op en staarde haar dochter aan.

„Dat zei hij," zei Issie. Ze blies wat zeepbellen van haar poot. „En hij was echt lief. Hij heeft al zijn veren voor mij opgeofferd."

„Isabel," zei haar moeder ernstig. „Heb jij dan echt nog nooit gehoord van de Mal-Ratten?"

„Ik geloof van niet. Hoezo?"

„Hoezo? Ze zijn berucht. Ze maken dingen met hun eigen poten. Ze trouwen met hun bloedeigen neven en nichten. En ze zeggen dat een van hen omgaat met ménsen!"

Isabel zoog haar adem naar binnen. Ratten horen geld te verzamelen met hun poten en geen dingen te maken.

„En in plaats van in pakhuizen," ging mevrouw Uitewael-Rat verder, „wonen ze in – eh – ik kan het woord niet eens uitspreken."

„Niet uitspreken?" fluisterde Isabel diep onder de indruk. „Waar dan?"

„Dat kan ik niet zeggen. Maar het is een plaats die ik een ordinaire zwerfrat nog niet zou toewensen."

„He toe, vertel dan. Het is verschrikkelijk om het niet te

33

weten! Spel het dan, moeder – allerliefste slanke, magere moeder!"

"Goed dan. Ze zeggen dat ze in R-I-O-L-E-N wonen."

"Riolen!" Isabel trok haar snuit op. "Maar stinkt het daar niet vreselijk?"

"Ik zeg niet dat het gebruikte riolen zijn. Maar de lucht zal er vast niet erg fris zijn."

"Jakkie," zei Isabel preuts. De meeste kaderatten die dicht bij het water leven en weten hoe ze zich moeten afspoelen, zijn erg gesteld op reinheid. Eruitzien als een oude schoen was niet leuk, maar stinken was ondenkbaar. Plotseling spitste Isabel haar oren. "Wordt er geklopt?"

"Waarschijnlijk de boodschappen. Ik hoop dat hij de Zwitserse kaas niet heeft vergeten. Hoor eens, als je denkt dat je weer kan gaan flirten met die winkelrat, jongedame, zet dat dan maar meteen uit je hoofd. Hij is een ordinaire, bruine rat."

"Maar misschien is het Roland Drees-Rat." Ze sprong uit het bad en schudde zich in een flits droog. "Ellie zei dat hij vandaag misschien nog langskomt."

"O nou, als dat zo is... Maar laat mij in ieder geval opendoen. Dat staat beter. Dan zal ik meteen iets lekkers voor ons klaarmaken."

Maar Isabel was watervlug. Ze glipte langs haar mollige moeder en schoot naar de voorspleet. Onderweg sprong ze haar kamer in en knoopte gauw een nieuw blauw lintje om haar hals, een eigen aardigheidje waar ze nogal trots op was.

De volgende middag verzamelde Martinus dubbele voorraden voor zijn moeder. Ondanks zijn volgepropte wangen en alle veren die hij in zijn staart had gekruld bleef hij even stilstaan toen hij bovenkwam op Columbus Cirkel. Tussen het verkeer door staarde hij naar de plaats waar hij gisteren het jonge vrouwtje Uitewael-Rat had ontmoet. Maar als hij te lang wachtte zouden de bessen in zijn mond weer pulp worden, dus dook hij door het rooster zonder ook maar een glimp van een blauw lintje opgevangen te hebben en draafde naar huis. Wat voelde hij zich eenzaam op zijn weg onder de grond zonder kraaloogjes om naar om te kijken!

Maar zijn moeder was tenminste blij hem te zien.

„Niet eentje gekneusd!" riep ze buiten zichzelf van vreugde toen hij de bessen uitspuugde in het tonijnblik. „Moet je kijken. Liesje. Zijn ze niet prachtig?"

Tante Elisabet trippelde erheen door de rook en veegde haar tranende ogen af. „Prachtig," zei ze onverschillig.

In minder dan geen tijd was mevrouw Mal-Rat druk bezig met het op kleur sorteren van de bessen en ze in de verschillende soepblikken te gooien. Doof voor het gekrijs van de rattebaby's scharrelde ze tussen de blikken heen en weer om erin te roeren. Maar na een tijdje draaide ze zich om en zei: „Kom op, Liesje. Nog maar één dag en je bent weer vertrokken."

„He wat?" knorde tante Elisabet die wakker werd uit haar ratteslaapje.

„Was jij het dan niet die zo zuchtte, liefje? Nee maar, Mart, wat is er met jou aan de hand?"

Martinus wendde zich af van de kapotte spiegel. „Wat zei je?"

„Je zat te zuchten, kind. En je zucht nooit."

„O ja?"

„Nou en of! Maak je maar niet druk, lieverd – zo meteen zijn de bessen ingekookt en kan je weer verder met je vlinder. Je hebt al een paar dagen niet meer geschilderd, he?"

„Nee, ik geloof van niet," zei hij met nog een zucht.

„Zie je wel. Nou hoor je het zelf."

„Dat doet me aan Manus denken," zei tante Elisabet weemoedig. „Voor ik bij hem wegging zat hij ook altijd als een gek te zuchten."

Martinus keek wat vrolijker. Hij was altijd nieuwsgierig geweest naar de oom waarnaar hij was vernoemd en die zijn tante Manus noemde. Maar zijn moeder had hem gewaarschuwd dat oom Manus een teer onderwerp was en dat hij nooit over hem mocht praten tenzij tante Elisabet er zelf over begon. Hij maakte meteen gebruik van deze zeldzame gelegenheid. „Waarom bent u bij hem weggegaan, tante?" vroeg hij.

„Ach, Manus kon heel charmant zijn, maar hij woonde ook in het riool – onder de dierentuin in Central Park, vlak naast een stoompijp. Het is er nog rokeriger dan hier. Hij gebruikt die stoompijp als smidse, zie je, om zijn ringen te maken. Hij is gek op ringen maken. Maar daar beneden was geen... horizon. En elke rat heeft een horizon nodig, Mart. Ik tenminste wel."

„Waarom komt hij nooit bij ons op bezoek?"

„Nou, de laatste keer dat hij langskwam was jij nog maar een rattebaby, lieverd," legde mevrouw Mal-Rat uit. „Hij was zo dronken als een kanon van de paardebloemenwijn en hij had een goor soort onderwereld-figuur bij zich, een pakrat met de gluiperigste ogen die je ooit hebt gezien. Joost mag weten hoe Manus paardebloemenwijn kan betalen."

„Het spijt me te moeten zeggen," vertrouwde tante Elisabet hen toe, „dat hij omgaat met mensen. En dan te weten dat ík daarvoor verantwoordelijk ben!"

„Ga jezelf nou geen verwijten zitten maken, Liesje, liefje. Je weet wat ze zeggen: Het noodlot van een rat ligt altijd op de loer."

„Wat heeft hij dan met mensen te maken?" vroeg Martinus met wijdopengesperde ogen.

„Voor zover ik weet," zei tante Elisabet, „heeft die onderwereldrat hem op de een of andere manier in zijn macht. Je weet hoe die pakratten zijn – zwerven overal

37

rond, gaan met iedereen om – zolang ze hun voorraden maar op peil kunnen houden. Geboren handelaars. Hij schijnt Manus ringen te laten maken voor een of ander mens, en als tegenprestatie voorziet hij de arme Manus van wijn. Ik weet niet hoe het precies zit maar het ziet er niet best uit.''

,,Waarom hebben jullie me naar hem genoemd, moeder?'' vroeg Martinus.

,,Nou, schat, toen wij je Manus' naam gaven waren hij en Elisabet nog bij elkaar en maakte hij zijn ringen nog alleen maar voor haar.''

,,Ik had meer ringen dan er aan mijn staart konden,'' zei tante Elisabet trots en toonde haar zilveren ring. ,,Maar dit is de enige die ik heb gehouden, onze trouwring. Je leert vanzelf niet te veel mee te slepen op reis.''

Martinus die de ring altijd had bewonderd vroeg naar de zonnen en de schijngestalten van de maan waar hij mee was versierd.

,,Ach,'' zei ze. ,,Manus zwoer altijd dat hij meer van mij hield dan de zon en de maan.''

Martinus zuchtte opnieuw. Had hij maar zo'n ring om aan de jonge Uitewael-Rat te geven!

,,Gut, Mart,'' verklaarde zijn moeder. ,,Je bent bepaald jezelf niet! Ik ben bang dat je je vandaag een beetje te druk hebt gemaakt in het park. Ga maar een ratteslaapje doen voor het eten.''

,,Ik denk dat ik maar een rattoertje ga maken.''

,,Nou, als je daar zin in hebt. Maar de verf wordt al aardig dik.''

Martinus draafde door de ondergrondse afvoerpijpen en kwam boven aan de overkant van de straat op kade 62.

Ineengedoken op de stoeprand staarde hij naar het grote

pakhuis. Hij voelde bijna weer de zoen die hij de vorige dag op zijn wang had gekregen. Was ze nu in het pakhuis? Of op een andere vreemde en wonderbaarlijke plaats die hij niet kende? En waar ze ook was, hoe werd ze daar genoemd? De mogelijkheden hadden de hele dag door zijn hoofd gespookt: Rosalie, Daphne, Sofie, Penelope... Rosalie was een mooie naam voor een rat – maar zelfs die deed geen recht aan haar gracieuze rattegang, haar heldere lach, haar kraalogen.

Een enorme vrachtauto kwam aandenderden. Een mens stapte uit en gooide wat vruchten en groenten voor het pakhuis neer. Wat aardig, dacht Martinus. Misschien verdienden mensen de slechte naam die ze hadden eigenlijk niet. De vrachtauto reed door naar de volgende kade. En naarmate de tijd voorbijging werd Martinus onverschilliger voor zijn omgeving. De zon zakte achter de rivier en het werd steeds koeler, maar hij voelde het niet. Ook merkte hij niet dat hoog in de lucht de straatlantaarns aanflikkerden. Zijn maag knorde maar hij hoorde het niet.

Een oude, kromme bruine rat en zijn vrouw liepen om hem heen en staarden hem aan. Maar hij merkte er niets van tot het oude bruine mannetje hem porde met zijn ijslollie-wandelstok.

„Dood?"

Martinus knipperde met zijn ogen.

„Ik dacht dat je een lijk was," verontschuldigde de oude bruine rat zich. „Vergiftigd of zo. Heb je soms iets verkeerds gegeten?"

Martinus schudde zijn hoofd.

„Ga je ook naar de Grote Ratten Raad?" vroeg de bruine rat.

„Wat is de Grote Ratten Raad?"

39

„Wat de Grote Ratten Raad is? Nou zeg, dat is niet meer of minder dan de ruggegraat van onze democratie! Hoor je dat, Minerva? Deze rat hier heeft niet eens gehoord van de Grote Ratten Raad – en nog wel een kaderat te oordelen naar zijn formaat."

„Alle-ratten!" riep het vrouwtje uit.

Het oude bruine paar bleef naast Martinus op de stoep staan. Na een tijdje vroeg hij dus maar of de Ratten Raad soms in de buurt werd gehouden. De oude mannetjesrat vertelde hem dat de Raad in Battery Park, vlakbij het financiële centrum, werd gehouden, maar dat zijn vrouw zo graag van tevoren de hoogste politieke leiderratten wilde zien.

„Rudolf Drees-Rat, weet je wel, en Hugo Uitewael-Rat. die wonen allebei op 62."

„Uitewael-Rat!" riep Martinus. „Wie is dat dan?"

„Wie Uitewael-Rat is? Nee maar, jonge rat, waar heb jij gezeten?"

Martinus zuchtte. „Meestal thuis, en in het park," bekende hij.

„Nou, Hugo Uitewael-Rat is een van de voornaamste ratten die er op vier poten rondloopt. Een lid van het kabinet en een weldoener der Ratheid."

Het oude bruine vrouwtje krijste van verrukking toen een groepje elegant opgedofte ratten het pakhuis aan de overkant uitkwam. „Kijk, dat is de Rudolfs vrouw Lavinia!" zei ze. „En daar heb je Rudolf zelf! En hier komen de Uitewael-Ratten! Daar is mevrouw – ze is weer wat aangekomen zo te zien."

„Kent de hele meute op haar duimpje," fluisterde haar man en gaf Martinus een duwtje. „Noemt ze bij hun voornamen."

„Daar heb je Hugo!" krijste ze. „Moet je die zenuwtrek in zijn staart zien!"

Martinus pakte haar bij de poot. „En wie is dat?" vroeg hij. „Met dat blauwe lintje om haar nek?"

„Met dat blauwe lintje? Nou, Isabel, natuurlijk – Hugo's dochter. Dat is me er eentje."

„En is dat haar broer, die haar poot vasthoudt?"

„Nee, nee. Dat is de jonge Roland Drees-Rat."

„O," zei Martinus.

Isabel! dacht hij. Dat klonk precies goed! Maar al gauw was Isabel uit het gezicht verdwenen, weggevoerd door de jonge Roland Drees-Rat, de zoon van de prominente kaderat. Het oude bruine vrouwtje trok haar man mee. En toen Martinus vroeg of hij met hen mee mocht naar de Grote Ratten Raad zeiden ze dat het hun een eer en een genoegen zou zijn.

Al had Martinus altijd wel geweten dat de stad New York het rattencentrum van de wereld was, toch was hij stomverbaasd zoveel ratten bij elkaar te zien in Battery Park. Op een helling tegenover een bank onder een straatlantaarn hadden zich honderden rijen ratten verzameld, met honderden ratten op elke rij. Ratten in alle soorten en maten, in elke tint bruin, grijs en zwart – wel meer dan een miljoen. De bruine ratten schenen vooral achteraan bovenop de helling te staan dus installeerde Martinus zich daar met zijn nieuwe kennissen. Door de manke poot van de oude bruine rat waren ze aan de late kant. Een vrouwelijke voorzitrat die achter een bierblikje had plaatsgenomen was de eerste spreker al aan het inleiden; de minister van financiën. De minister, ook een kaderat, ging achter het bierblikje staan en hield een opzwepende redevoering over het onderwerp 'rattehuur'. Want het was weer zomer en tijd voor de jaarlijkse inzameling van munten om de regenten te vullen. Maar niet alles was als in vorige jaren en al gauw maakte de minister van financiën weer plaats voor de vrouwelijke voorzitrat.

„Om u van de nieuwste ontwikkelingen op de hoogte te stellen," zei ze na de minister te hebben bedankt, „is mij nu nu de kolossale eer vergund de voornaamste spreker van deze avond bij u in te leiden. Maar wat kan ik u nog vertellen over deze rat dat u niet al talloze malen heeft gehoord? Hij heeft al zoveel eerbewijzen mogen ontvangen voor zijn diensten aan de ratheid, dat ik geen poging zal doen ze allemaal op te sommen. Dus nu, zonder verder omhaal, hier is de grote rat zelf, de rat van alle markten thuis, de rat van fortuin: Hugo Uitewael-Rat!"

Terwijl hij achter het gedeukte spreekgestoelte ging staan beantwoordde meneer Uitewael-Rat het stormachtige applaus met een klein buiginkje, dat het publiek een blik op het kalende topje van zijn hoofd gunde. Zijn gestalte was niet bepaald indrukwekkend, net zo min als zijn staart die voortdurend rukjes naar links gaf, wat erg afleidde. Maar hij had een van die hoge, schelle stemmen die ratten zo opwindend vinden. Al bij zijn eerste woord 'Mederatten' ging een huivering van plezier door de menigte.

„Mederatten!" herhaalde meneer Uitewael-Rat nu op plechtige toon. „Wij leven, moet ik helaas zeggen, in zorgelijker tijden dan welke in de roemrijke geschiedenis der Ratheid ook. Ahum. Wij beleven, het spijt me dat ik het zeggen moet, de gevaarlijkste tijden sinds rattenheugenis. Hoe komt dat, zult u vragen. Waarom, zult u willen weten. Heel eenvoudig gezegd door de verbijsterende effectiviteit – de verbluffende efficiënte uitwerking van het rattengif dat onze medebewoners, de mensen, hebben uitgevonden.

Bij het woord 'mensen' steeg er een gesis op uit de menigte.

„Velen van jullie zullen al hebben gehoord, daar ben ik mij ten zeerste, ten volle van bewust," ging meneer Uitewael-Rat verder, „dat gedurende deze laatste weken verschillende nietsvermoedende ratten gruwelijk de dood hebben gevonden – kortom de grote, griezelige baai zijn overgestoken. Maar niemand zou hierover in het duister moeten tasten. Iedere rat zou het moeten weten. Want nog meer moordpartijen liggen, vrees ik, in de nabije toekomst op de loer – wachten ons de komende dagen. Hun nieuw-

44

ste methode van vergiftigen is wreder dan woorden of beschrijvingen kunnen uitdrukken. Vergif wordt geïnjecteerd in vruchten en groenten die voor onze deuren worden neergeworpen als ware het liefdadigheid, onder onze snuiten gegooid in een wrede imitatie van ratlievendheid. En wie weet, zullen binnenkort misschien nog grovere maatregelen worden getroffen. Hoe komt dat, vraagt u zich af – vraagt u zich vanzelfsprekend af. En wat kan eraan worden gedaan? Het beantwoorden van deze vragen, mederatten, is het doel, het streven, het enige oogmerk van deze Grote Ratten Raad.''

,,Zijn er aanwijzingen?'' krijsten enkele ratten in de menigte, terwijl Martinus zich vol afschuw de vruchten en de groenten herinnerde die hij had zien neergooien voor Isabels pakhuis.

,,Geen enkele,'' antwoordde meneer Uitewael-Rat somber. ,,Niet één! Behalve dat niemand meneer Haven-Mens heeft gezien. Niemand heeft, naar het schijnt, ook maar een glimp van hem opgevangen. En dat is zeer ongebruikelijk, aangezien hij deze tijd van het jaar meestal een keer langskomt om te controleren of de regenton wel goed leeg is – klaar voor onze giften – ons offer, zou je kunnen zeggen. Maar dit jaar is hier wel een jongere man – een wat jeugdiger type – gesignaleerd. Misschien is meneer Haven-Mens te oud geworden om zelf te komen. Het zou kunnen zijn dat de last van zijn jaren hem te zwaar wordt. Maar dat is de enige aanwijzing die wij hebben. Ik zou van harte wensen u wat meer te kunnen vertellen, vrienden. Ik zou bijna wensen, mederatten, dat ik een hoed bezat om daar de reden voor de vergiftigingscampagne uit te voorschijn te toveren. Maar ratten dragen geen hoeden. En helaas, ik ben maar een eenvoudige minister en geen tovenaar.''

Terwijl duizenden ratten bezorgde blikken uitwisselden staarde Martinus naar de grond met een wee gevoel in zijn maag. Wat een ongelofelijke onbenul was hij dat hij nergens van wist! Al die belangrijke dingen die gebeurden in de rattenwereld, vergiftigingen en Haven-Mensen, en hij had er zelfs nog nooit van gehoord! En waarom niet? Omdat hij al zijn tijd besteedde aan het beschilderen van stomme schelpen en voorraden verzamelen voor zijn moeder om hoeden van te maken die ratten nooit droegen! Wat leek dat allemaal onbenullig vergeleken bij deze wereldschokkende gebeurtenissen! Voor het eerst begon Martinus te beseffen hoe duister, bekrompen en banaal zijn leventje was.

Er moest wel iets heel eigenaardigs gebeuren om hem op te laten kijken. Ondanks het plechtige karakter van de bijeenkomst golfde gelach door de menigte. Een haveloze oude kaderat baande zich een weg door de voorste rijen naar een kartonnen doos naast de bank. Hij werd gevolgd door een verlopen, geelogige pakrat met een knikkerzak op zijn rug. Martinus wist bijna zeker dat hij die pakrat een paar keer in Central Park had zien rondscharrelen. Maar het was de voorste van dat rare stel, die hem het meest interesseerde. Sjofel als hij was leek deze rat toch als twee druppels water op Martinus' vader.

Tot grote hilariteit van de menigte kroop deze haveloze rat hijgend en puffend eerst op de doos, toen op de bank waarna hij zich naar voren drong en de plaats van de stomverbaasde meneer Uitewael-Rat achter het bierblikje innam. Toen het gejoel wat minder werd schraapte de sjofele rat zijn keel om te spreken. Maar hij scheen zijn stem kwijt te zijn. Hij snuffelde aan de bovenkant van het bierblikje. Daarna pakte hij het met twee poten beet en hield het schuin boven zijn snuit. Er zat geen druppel meer in. De verlopen pakrat sloop zenuwachtig naar hem toe. De oude kaderat liet het blikje vallen, maakte de zak op de rug van de pakrat open en haalde er een oogdruppelflesje uit. Hij schroefde de druppelaar los en spoot wat goudkleurige vloeistof in zijn mond.

„Ziezo," verklaarde hij. „Nou dan, het spijt me dat ik me ermee bemoei, maar ik dacht dat ik maar beter mijn steentje bij kon dragen, omdat een vriend van mij een mens is en ik hem heb horen zeggen..."

Het rattenvolk siste luid – niet alleen bij het idee van een mens als vriend, maar ook vanwege de teleurstellende stem van de rat, die veel minder indrukwekkend en schel was dan de stem van meneer Uitewael-Rat. Het gesis gaf Martinus een gevoel van dreigend onheil.

„Ik dacht dat ik maar beter even naar voren kon komen of zo," ging de haveloze kaderat verder toen het gesis wat afnam, „omdat ik vorige week maandag meneer Hamel-Mens in zijn telefoon hoorde zeggen: 'Ik hoor dat ze het ongedierte op die vervallen achterbuurt-kaden gaan uitroeien, schat.' Dat zei hij."

„Achterbuurt-kaden?" riep een kaderat. „Wie zei dat 'achterbuurt'?"

„Haven-Mens?" gilde een andere rat. „Ben jij een vriend van Haven-Mens?"

„Hamel-Mens," verbeterde de haveloze rat. „Trouwens hij zei tegen mevrouw Hamel-Mens – zijn wijfje, weet je wel – dat hij hoopte dat ik niet op één van die kaden woonde. Toch aardig van hem, he? Hij had namelijk gehoord dat de vroegere eigenaar was gestorven, zie je, en dat zijn neef van plan was de pakhuizen te verkopen als parkeergarages, enzovoorts enzovoorts. Persoonlijk woon ik heel comfortabel onder de dierentuin in Central Park, maar omdat de meesten van jullie zo dol op die kaden schijnen te zijn dacht ik, dat ik maar beter... enzovoorts."

„Achterbuurt-kaden, hoe bestaat het!" protesteerden kaderatten. „En moet je zien wie ons achterbuurt-ratten noemt!"

„Heb jij een méns tot vriend?" krijsten de anderen verontwaardigd.

„Hij is – hik – eigenlijk meer een zakenrelatie," antwoordde de haveloze oude rat. „Maar dat is een lang verhaal. Het is voldoende te zeggen dat ik wat decoratiewerk voor hem doe – ringen versieren, enzovoorts en zo meer."

„Stel je voor, een pootarbeider!" zei de oude bruine rat diep geschokt.

„Een pootarbeider!" echode zijn vrouw verontwaardigd.

„En nog wel een kaderat, al zou je dat niet zeggen,"

voegde het mannetje eraan toe. „En dronken ook, zo te zien.”

„Ik wed dat het Martinus Mal-Rat is,” zei de oude vrouwtjesrat scherp. „Daar wil ik wel tien cent onder verwedden.”

„Wie is dat dan?” informeerde haar man.

„Alle-ratten nog aan toe,” zei ze geïrriteerd. „Ken jij dan helemaal niemand? Iedereen kent Martinus Mal-Rat. Hij is berucht! Ik wil wedden dat zelfs deze jonge rat van hem heeft gehoord. Ja he?”

Maar Martinus staarde over de rattenmenigte op de helling naar de bank. Bij het aanzwellende boe-geroep en gesis was de pakrat hals over kop de bank aan de achterkant afgedoken en in de duisternis verdwenen. De haveloze kaderat – die kennelijk Martinus' oom Manus was – probeerde opnieuw zich verstaanbaar te maken. Hij schraapte met moeite zijn keel en keek om zich heen op zoek naar zijn oogdruppels. Toen hij de pakrat en zijn pak nergens kon vinden haalde oom Manus zijn schouders op en klom van de bank af op de doos.

Intussen zetten meneer Uitewael-Rat en de vrouwelijke voorzitrat het bierblikje weer goed.

„Mederatten, alstublieft!” De prachtige schrille stem van meneer Uitewael-Rat wist de menigte te kalmeren. „We mogen dan niet erg gesteld zijn op mensen,” ging de nobele rat verder, „we mogen dan een hekel hebben aan de hele soort – we kunnen ze onmogelijk negeren. Ze zijn te groot. Eén keer eerder in onze geschiedenis, in de dagen van de Groene Pest, zijn we bedreigd met uitroeiing – met algehele afslachting. Hoe hebben wij meneer Haven-Mens toen op andere gedachten gebracht? Hoe hebben wij bij die roemruchte gelegenheid zijn hart weten te bespelen?

Met klinkende munt, mederatten – met geld! Geld, vrienden, is de taal die zij verstaan. Dus wat is onze enige kans bij deze nieuwe, jonge en jeugdige Haven-Mens?"

„Geld?" klonk het vragend uit de menigte.

„Precies!" antwoordde meneer Uitewael-Rat. „De spijker op de kop! Als neef van meneer Haven-Mens zal hij vast wel afweten van de regenten. We zullen er gewoon meer geld, meer klinkende munt, in moeten doen – twee keer zoveel."

Een miljoen ratten hield ontzet de adem in.

„Wat kunnen we anders doen?" krijste meneer Uitewael-Rat. „Wat hebben we verder voor mogelijkheden? We moeten het zien als een uitdaging. We moeten het zien als een oproep aan alle fatsoenlijke ratten om zich met nog meer enthousiasme in te zetten voor hun taak de straten en stoepen af te stropen op zoek naar geld. I.R.H. zullen we het noemen: Inzameling Ratten Huur. En laat ik de eerste zijn om jullie op de rat af te zeggen dat we geen moment te verliezen hebben. Iedere verspilde seconde is van nu af aan een verloren seconde, weggegooide tijd, een ongebruikte gelegenheid, een gemiste kans. En laten we eens zien of we de volle honderdduizend van dit jaar niet nu meteen, vandaag, vanavond nog, bijeen kunnen brengen. Als je geen dubbeltje hebt, geef je een stuiver! Als je geen stuiver kunt geven geef dan tenminste een cent. Onze toekomst hangt ervan af. Alles waar wij ratten waarde aan hechten staat op het spel. Het hele leven zoals wij dat kennen..."

Een instemmend gemompel ging door de rijen. Veel ratten hadden kartonnen sigaretten- en andere dozen bij zich. En de oude bruine vrouwtjesrat deed het lucifersmapje dat ze onder haar poot had, open en trok trots een dubbeltje achter de rijen lucifers uit.

„Heb jij geen centen bij je, jongeheer?" vroeg ze terwijl ze de munt opwreef aan haar vacht.

Martinus draaide zich zwijgend om.

„Toe, kruip nou niet weg met je neus tegen de grond en je staart tussen je poten!" zei de oude bruine mannetjesrat en zwaaide met zijn ijslolliestok naar hem. „Arm zijn is geen schande."

Maar Martinus schaamde zich te erg om zelfs maar om te kijken – en niet alleen omdat hij geen geld had.

Martinus sloop weg door de donkere, lege straten en stegen van het financiële district. Het raadsel dat hem altijd zo had beziggehouden was eindelijk opgelost: De andere jonge ratten in het park hadden hem uitgelachen, zelfs zonder veren in zijn staart en uitpuilende wangen van de bessen, omdat hij zich aan hen had voorgesteld. Zijn naam Martinus Mal-Rat, was in de rattenwereld berucht. Waarom had hij de vreselijke waarheid over zijn oom niet eerder gehoord? En waarom had hij van vreemden moeten horen dat het iets rat-onwaardigs is om dingen te maken met je poten in plaats van de straten af te stropen naar geld? Terwijl hij langs de stoeprand sloop keek hij goed uit naar munten, maar al was hij ze vaak tegengekomen in het park toen hij er niet in geïnteresseerd was, dit keer zag hij geen cent. Tenslotte glipte hij maar door een rooster en ging op weg naar huis via een kronkelige pijp die nog nat was van de bui van gisteren. Maar hij liep steeds langzamer en bedrukter en na een tijdje bleef hij ineengedoken zitten, in somber gepeins verzonken.

Het ergst van alles vond hij nog dat hij Isabel zijn naam had gezegd. O, waarom hadden zijn ouders van alle ratten nou net zijn haveloze oom moeten uitkiezen om hem naar te vernoemen? Was hij maar zo slim geweest Isabel te vertellen dat hij een andere rat was! Ach, was hij maar een andere rat en geen Mal-Rat! Maar Isabel had vast geen seconde meer aan hem gedacht sinds gisteren. Ze zat nu waarschijnlijk onder de bank op een gereserveerde plaats op de eerste rij naast de jonge Roland Drees-Rat, naar haar beroemde vader te luisteren.

Zo zat Martinus een tijdlang te piekeren tot hij een vreemd geluid door de pijp hoorde galmen. Toen het luider werd besefte hij dat het een zingende rat was. Het klonk heel mooi. Al gauw kon hij de woorden van het lied verstaan.

„Ringen binnen in de bomen
Ringen rondom zon en maan
Ringen gesmeed door rattenengelen
Of uit de fabriek vandaan.

Ringen zullen het hart omgeven
van de liefste die je kent
Maar alle ringen vormen cirkels
Zonder begin en zonder end."

Het klonk zo mooi dat Martinus ondanks alles een beetje opvrolijkte en een glimlach gleed over zijn snuit. Maar toen de zanger de hoek omsloeg verdween de glimlach. Het was niemand anders dan zijn beruchte oom.

De haveloze rat hield op met zingen toen hij Martinus zag. „Heb je soms een pakrat voorbij zien komen, rinkelend en wel?" vroeg hij.

Vol afschuw en walging deinsde Martinus terug.

„He wat? Stink ik soms naar wijn?" vroeg zijn oom en hij tuurde met knipperende ogen door het schemerduister. „Zal ik jou eens wat zeggen, je doet me sterk aan iemand denken of zo. Hoe heet jij?"

„Mijn naam is de slechtste naam van de hele rattenwereld," zei Martinus kil. En meteen draaide hij zich om en schoot weg de pijp in.

Toen hij thuiskwam was niemand kwaad omdat hij te laat was voor het eten. Ze zagen hem niet eens. Tante Elisabet en de rattebaby's sliepen. Zijn moeder was druk aan het hoedenmaken met haar poten, zijn vader bouwde modderkasteel nummer honderdzeven met zijn poten. Martinus' eten stond nog klaar, maar hij kroop in zijn nestbed zonder er ook maar aan te knabbelen. Om zich af te zonderen van zijn familie, die hij ineens met heel andere ogen bekeek, maakte hij een tent over zich heen van zijn beddegoed, met zijn staart als tentpaal.

L ang voor de ochtend aanbrak verslapte Martinus'
staart en viel hij in slaap. Hij werd wakker van de
vrolijke stem van tante Elisabet die voor zijn moeder zong:

> „Varen, varen
> over de oceaan
> nog heel wat hoedjes
> van veertjes en goedjes
> en ik zal weer voor je staan!''

Dat klopte niet helemaal want tante Elisabets bootreis
naar de Bahama's was maar een korte trip, maar haar vro-
lijkheid werkte aanstekelijk. Martinus stond op en bekeek
zijn snuit weer in de spiegel. Daarna zei hij tegen zijn moeder dat hij maar een rattoertje ging maken.

„Bewaar me,'' zei mevrouw Mal-Rat. „Je zit maar te
zuchten en naar jezelf te staren. Gisteren heb je niet eens je
avondeten opgegeten en nu wil je ook nog je ontbijt over-
slaan!''

„Ik ga alleen maar een eindje lopen,'' zei hij, „om geld te
zoeken voor de I.R.H.''

„I.R.H.? Wat is dat in vredesnaam?''

„Inzameling Ratten Huur, moeder.''

„Hoor je dat, Liesje? Mart werkt voor een goed doel.''

Maar tante Elisabet had het te druk met het inpakken
van haar Franse sigarettendoos. Martinus fronste zijn
voorhoofd.

„Je heb je daar toch niet met hart en ziel ingestort, he?" vroeg mevrouw Mal-Rat.

Martinus dacht na. Eerlijk gezegd was het doel zelf 's nachts een beetje op de achtergrond geraakt in zijn gedachten. Maar het vinden van een bijdrage zou hem een excuus geven meneer Uitewael-Rat op te zoeken en als hij bij de Uitewael-Ratten was zou hij misschien een glimp van Isabel op kunnen vangen.

„Het is echt een heel goed doel, moeder."

„Maar Mart, waar denk je geld te kunnen vinden?"

„Op straat, denk ik. Net als de andere ratten."

„Maar lieverd, geld is zo saai. Als je echt bij wilt dragen aan een goed doel, waarom geef je dan niet iets goeds zoals..." Haar ogen gleden over de veren rattehoeden aan de muur, maar al was geen van de hoeden ooit gebruikt – evenmin als iemand ooit in één van zijn vaders modderkastelen zou wonen – ze kromp ineen bij de gedachte afstand te moeten doen van ook maar één enkele hoed. „Zoiets als één van jouw prachtige schelpen. Zijn schelpen zijn schitterend, vind je niet, Liesje?"

„Ja," antwoordde tante Elisabet opkijkend. „Nog even en ik zit weer op zee. Au revoir!"

Martinus keek naar het lucifersdoosje aan het voeteneinde van zijn bed. „Denk je heus dat die beter zijn dan geld, moeder?"

„Ja, natuurlijk," zei ze vlug. „Op iedere schelp staat iets anders geschilderd en ze zijn allemaal even adembenemend. In dat opzicht lijken ze veel op..." Haar ogen dwaalden weer af naar de veren hoeden. „Natuurlijk zijn ze beter dan geld. Munten en bankbiljetten zien er allemaal vrijwel hetzelfde uit."

Dat was eigenlijk wel waar. Hij omhelsde zijn moeder en

beloofde haar dubbele voorraden de volgende keer dat hij
er op uitging.

„Liesje moet over een paar uur weg,” zei ze glimlachend.
„Ga je mee haar wegbrengen?”

Ja, natuurlijk ging hij mee. Intussen werkte hij aan zijn
vlinderschilderijtje. Hij knaagde het puntje van een verse
veer tot het zo scherp was als een naald en doopte het in de
dikke nachtblauwe resten in één van zijn moeders blikken.
De enige manier om een helder oppervlak op de schelp te
krijgen zonder dat de zware verf klonterde was het in on-
voorstelbaar kleine stipjes aan te brengen en ieder stipje te
laten drogen alvorens het volgende te zetten. Tegen de tijd

dat tante Elisabet 'Au revoir!' riep naar zijn vader had hij nog maar een piepklein stukje aan het pauweoog op de vleugel toegevoegd.

Martinus legde zijn veer neer, hees zijn tantes sigarettendoos op zijn rug en volgde haar en zijn moeder door het rokerige riool naar beneden. Op de paal bij de pier pakte zijn tante haar bagage en trippelde balancerend over de aanlegkabel. De prachtige, zilveren ring aan haar vrolijk zwaaiende staart glinsterde in de zon. Na een laatste 'Goede reis!' wandelde hij met zijn moeder terug naar het riool. Daarna ging hij zijn rattoertje maken met zijn lucifersdoos vol schelpen.

Toen Martinus bij kade 62 kwam herkende het kaarsrechte wachtmuisje hem eerst niet.

„Jaaa?" informeerde het muisje met een achterdochtige blik op het lucifersdoosje op Martinus' rug.

„Ik wil graag meneer Hugo Uitewael-Rat spreken, alstublieft," zei Martinus.

„Wil je meneer Hugo Uitewael-Rat spreken?"

„Ja, graag."

„Heb ik jou... Ben jij niet de rat die niet eens precies wist wie hij was?"

„Ja, eigenlijk wel," moest Martinus toegeven.

Het wachtmuisje rekte zich uit tot zijn volle lengte – wat nog niet erg lang was – en keek hem ongelovig aan. „Verwacht meneer Uitewael-Rat jou?"

„Nee, dat niet. Maar ik kom mijn bijdrage leveren aan de I.R.H."

„O!" Het wachtmuisje staarde weer naar het lucifersdoosje. „Bedoel je dat dat vol zit met...?"

Martinus knikte plechtig.

„O!" riep het muisje weer en het maakte plotseling een

buiging. „En ik hield u nog wel voor een brandstichter! Wilt u mij maar volgen, meneer.”

Het ging allemaal heel anders dan bij zijn eerste bezoek. Het wachtmuisje voerde hem door het pakhuis en om de paar stappen draaide hij zich om en maakte weer een buiging. Achterin het pakhuis wees hij op de krat met nummer 11. Martinus bedankte hem en klopte aan.

In een oogwenk verscheen een jonge vrouwtjesrat met een blauw lintje om haar nek. „Hallo,” zei ze met een beleefd glimlachje.

Martinus kon geen woord uitbrengen. Was dat echt Isabel die daar nog geen vijftien centimeter van hem af zo vriendelijk tegen hem stond te glimlachen? Maar dat waren toch haar grijze kraalogen die hem nieuwsgierig aanstaarden, nog grijzer en glinsterender dan hij zich herinnerde.

„Komt u iets bezorgen?" vroeg ze met een blik op het lucifersdoosje.

„I.R.H.," was het enige wat hij eruit kreeg.

„O, een bijdrage! Komt u binnen. Vader is in zijn studeerkamer."

Hij stapte naar binnen en liep achter haar aan door de gang. Heel anders dan hun rioolwoning die vol stond met de produkten van de poten van zijn ouders, was de krat gemeubileerd met exotische door mensen gemaakte dingen, van wonderbaarlijke luxe artikelen, zoals in een alkoof een van een hamblik gemaakte badkuip, tot speciale herdenkings-postzegels aan de muren. De hal was met stukjes kurk uit kroonkurken betegeld, dus maakte hij bijna geen geluid bij het lopen. Hij staarde vol bewondering om zich heen.

„Pap!" riep Isabel toen ze bij een deur aan het einde van de gang kwamen. „Hier is iemand met een bijdrage."

„Laat maar binnenkomen!" klonk de mooie, schrille stem.

Isabel deed de deur voor hem open en trippelde weer weg. Martinus staarde haar na. Ze had hem niet eens herkend! Kwam het doordat zijn wangen niet meer uitpuilden van de bessen of had ze gewoonweg vergeten dat hij bestond?

„Kom binnen!" klonk een korte kreet. „Entree!"

Martinus stapte gehoorzaam de studeerkamer binnen. De muren, die behangen waren met zilveren snoeppapiertjes, deden zijn ogen knipperen van verbazing. Meneer Uitewael-Rat zat achter een reusachtig dik woordenboek, verguld op snee.

„Neem me niet kwalijk dat ik een beetje kortaf klonk," zei meneer Uitewael-Rat. Hij stond op en stak zijn poot uit

61

over het boek heen. „Ik was net de cijfers van gisteravond aan het bestuderen. Hugo Uitewael-Rat. Zeg maar Hugo."

„Zegt u maar Martinus," zei Martinus en hij schudde de beroemde rattepoot.

„Martinus, he? Jij hebt een goede, stevige poot. Ga zitten, Martinus. Neem een stoel."

Martinus volgde het voorbeeld van meneer Uitewael-Rat en ging bij het boek zitten op een satijnen speldenkussen zonder spelden met het lucifersdoosje op zijn schoot.

„Ben je gisteravond bij de Grote Ratten Raad geweest?"

„Jazeker, meneer. En ik ben ervan overtuigd dat uw oproep aan ieders geweten heeft geknaagd."

„Dank je wel, Martinus, dank je wel. Dat is heel vriendelijk van je, heel aardig. Ik zou alleen wensen dat het wat meer aan hun beurzen had geknaagd."

„Wat bedoelt u?"

„De cijfers, Martinus – deze berekeningen. Tragisch. Zeer teleurstellend. Al die ratten en maar nauwelijks de gewone vijftigduizend dollar. Eén dubbeltje per rat was genoeg geweest. Tijd, daar gaat het om. Dat is het belangrijkste, om zo te zeggen. Natuurlijk, als Haven-Mens' neef nog een jaar zou kunnen wachten – tot de volgende zomer – zouden we waarschijnlijk met gemak ons gewone bedrag kunnen verdubbelen, zonder enige moeite. Maar we hebben het nú nodig! We moeten het nu meteen hebben! Toch moet ik wel zeggen dat het een hele troost is een rat te zien die terugkomt om nog meer bij te dragen."

Martinus schuifelde heen en weer op zijn kussen. „Ach ziet u, meneer, ik had gisteravond niets om te geven."

„O?" meneer Uitewael-Rat knikte glimlachend naar het lucifersdoosje. „Dus nu kom je vandaag wat echt geld

62

brengen, he Martinus? Wat klinkende munt?"

„Nee, meneer, iets veel beters."

„Iets veel beters?" riep meneer Uitewael-Rat met zijn schrille stem. „Iets beters dan geld? Grote goedheid – wat dan?" Hij leunde over het woordenboek heen om het goed te kunnen zien toen Martinus het doosje openschoof.

„Dit is er één van," zei Martinus verlegen en legde de schelp met de gardenia op de blauwe achtergrond op het boek neer.

Meneer Uitewael-Rat staarde ernaar. „Wat is dit in 's hemelsnaam?"

„Een schelp, meneer. Een beschilderde schelp."

„Een schelp? Een schelp uit de zee, bedoel je?" De grote rat kneep zijn ogen tot spleetjes. „Wat moet dat voorstellen? Heb je soms rattewijn gedronken?"

„Nee meneer. Ik heb ook nog andere, als u die niet mooi vindt. Ze zijn allemaal verschillend. Mijn moeder en tante Elisabet vinden ze schitterend."

„Je moeder en tante Elisabet? Schelpen?" Meneer Uite-wael-Rats staart begon zenuwachtig naar links te trekken. „Wat ben jij eigenlijk voor een kaderat? Hoe zei je ook weer dat je heette?

„Martinus, meneer."

„Martinus wat?"

Martinus wist onderhand wel beter dan zijn achternaam te noemen. Maar hij had niet veel ervaring met liegen om-dat hij maar zo weinig met andere ratten omging, dus bleef hij daar stil zitten met zijn mond vol tanden. Plotseling viel de mond van de grote rat open. Te laat herinnerde Marti-nus zich dat hij zijn naam op de schelpen had gezet.

„Mal-Rat!" fluisterde meneer Uitewael-Rat.

De grote rat liet de schelp los alsof hij zich eraan had

gebrand. Maar heel geleidelijk veranderde zijn blik vol afschuw in een van begrip. Hij knikte langzaam. Hij glimlachte zelfs.

„Nou, Martinus Mal-Rat," zei hij minzaam tewijl hij opstond en om het goudgerande boek heen liep. „Ik ben erg blij dat je even langskwam – heel erg blij. Bijzonder dankbaar."

Meneer Uitewael-Rat riep de naam van zijn dochter en manoeuvreerde Martinus zijn zilveren studeerkamer uit. Even later kwam Isabel luchtig door de gang aantrippelen.

„Issie, wil je onze vriend, meneer Mal-Rat, even uitlaten?" vroeg meneer Uitewael-Rat. „Heel leuk u te ontmoeten, meneer Mal-Rat – werkelijk enig – een grote eer!" En met een laatste hartelijke glimlach boog meneer Uitewael-Rat zich weer over zijn cijfers en liet Martinus in opperste verwarring achter.

„Mal-Rat?" vroeg Isabel en staarde hem aan. „Maar ben jij dan... Jij bent toch niet... Maar wat is er met je wangen gebeurd? Geen bessen meer?"

„Nee," antwoordde Martinus verwezen.

„En je stem," zei Isabel, „die is ook veranderd. Hij klinkt nu veel mooier. Zelfde reden?"

„Ik denk van wel."

Ze bracht hem naar de voorspleet. Hij ging naar buiten maar draaide zich om met zijn staart nog in de krat. Hij kon zijn ogen niet van haar afhouden.

„Zit mijn lint soms verkeerd of zo?" vroeg ze na een tijdje.

„O nee. Het zit volmaakt. Ik heb nog nooit een rat met een lint om gezien."

Ze glimlachte. „Wat is er dan?"

„O... niets," zei hij. „Isabel?"

„Dat ben ik. En jij bent Martinus, ja toch? Maar vertel me eens, nu je hier toch bent, is het waar dat jullie in een R-I-O-O-L wonen?"

„Ja, eigenlijk wel," zei hij beduusd.

„Ratdorie! En na de Ratten Raad gisteravond zei iedereen... Was dat je vader die zo... dronken was?"

„Mijn oom," zei hij met neergeslagen ogen. „Ik ken hem niet eens."

„Hmmm."

„Maar..." Hij keek op. „Isabel?"

„Martinus?" zei ze met trillende snuit.

„O... niets."

„Nou zeg!" riep ze. Ze kon haar lachen niet meer houden en schaterde het uit. „Jij bent bijna net zo gek als je oom, he?"

Ze kreeg zo de slappe lach dat haar oren ervan bloosden. Martinus draaide zich om en sloop weg door het pakhuis. Maar na een paar stappen hoorde hij zijn naam en keek om over zijn schouder.

„Heb je je doos niet vergeten?" vroeg Isabel met haar hoofd uit nummer 11.

Hij dacht aan het lucifersdoosje vol met de waardeloze produkten van zijn eigen poten.

„Gooi maar weg," zei hij.

De eerbiedige buiging van het wachtmuisje was verspild aan Martinus, die meteen het pakhuis uitschoot. Het enige wat hij nu wilde was onzichtbaar zijn – verdwijnen. Hij dook in de riolen en sloeg de richting van Central Park in, naar een afgelegen plekje waar hij soms uitrustte van het bessen en veren zoeken.

Sinds de bui van gisteren was de lucht licht en fris en deze middag waren de dieren in het park druk in de weer.

Ze speelden in de zon of zochten noten in de schaduw. En de jonge mensen suisden met halsbrekende snelheden langs op fietsen of rolschaatsen. Maar toen Martinus bij zijn schuilplaats kwam onder een laurierstruik op de oever van het grote waterreservoir, bleef hij onbeweeglijk zitten. Ineengedoken in de schaduw staarde hij naar het rimpelende water tot hij zich ineens herinnerde dat hij dat uitzicht op een van zijn schelpen had geschilderd, zorgvuldig opgetekend uit zijn geheugen. Hij draaide meteen zijn staart naar het reservoir. Al gauw werd zelfs het zien van de voorpoten waarmee hij de schelpen had beschilderd hem te veel. Hij stopte ze weg onder zijn lijf. Er was vandaag geen spoor van vochtigheid in de lucht en toch werd zijn vacht nat, want hij voelde zich zo wanhopig dat de tranen over zijn snuit stroomden.

Na een poosje veegde Martinus zijn ogen af met zijn poot. Er moest een manier zijn Isabel terug te zien – die móest er zijn. Hij dacht aan alle keren dat hij centen en stuivers was tegengekomen in het park vóór hij de waarde van het geld had leren kennen – soms zelfs kwartjes en ander zilvergeld. Hij zou het hele park doorzoeken, dat ging hij doen. En wanneer hij genoeg had om een sigarettendoos te vullen zou hij de doos naar kade 62 slepen.

Martinus kroop omlaag naar het ruiterpad dat rond het reservoir liep. Al gauw deed hij zijn eerste vondst: een cent, halfbegraven in de sintels aan de rand van het pad. Hij sjouwde hem terug naar zijn struik, begroef hem onder wat dode bladeren en ging er weer op uit, dromend van Isabel en de bijdrage die hij op zijn bescheiden manier zou leveren aan het behoud van de kaden waar ze woonde. Eerlijk gezegd is het voor gezonde jonge ratten vrijwel onmogelijk om langer dan ongeveer een uur wanhopig te blijven.

Terwijl Martinus bezig was met schatzoeken in Central Park kregen de Uitewael-Ratten nog een bezoeker in krat 11. Het was de jonge Roland Drees-Rat, die met zijn rijke familie in krat nummer 8 woonde in hetzelfde pakhuis. Al was zijn staart een beetje aan de schriele kant toch was Roland Drees-Rat een knappe jonge rat. Zijn vacht was altijd perfect verzorgd, geen haartje verkeerd, en hij rook altijd heerlijk. Een jaar geleden had hij een flesje mensen-eau de cologne gekocht van een pakrat die het uit een postzak had gepikt, en sindsdien deed Roland altijd een drupje achter zijn oren. Hij gaapte ook veel voor zijn leeftijd. Hij keek neer op ratten die al te wakker, te enthousiast of te emotioneel waren. Maar vandaag voelde hij zich zo met zichzelf ingenomen dat hij moeite had een onnozele grijns van zijn gezicht af te houden. Toen Isabel hem binnenliet moest hij zich echt inspannen haar kwijnend aan te kijken en achteloos te complimenteren met haar lint.

Meestal had Roland een tandenborstel bij zich om zijn vacht even bij te werken wanneer hij binnenkwam, maar vandaag droeg hij het doosje waar het eau de cologneflesje in had gezeten. Nadat Isabel hem naar de zitkamer had gebracht deed hij het doosje open en trok er een rol groen papier uit.

„Vanmorgen gevonden," zei hij verveeld en gooide de groene rol op de stapel tijdschriften die als koffietafel dienst deed.

68

Isabel vouwde de rol open. „Een dollarbiljet!" riep ze vol bewondering. „O, Roland, waar heb je die gevonden?"

„Op een bouwplaats vlak bij de ingang van de grote tunnel," antwoordde Roland en hij onderdrukte een geeuw. „Ik zag hem uit een van hun zakken vallen."

„Tjee! Hoe heb je hem te pakken gekregen?"

„Nou, dat was nog niet zo gemakkelijk al zegt ik het zelf. Ik moest eindeloos lang wachten. Ik verveelde me dood." Hij gaapte. „Het ergste was nog dat ik me moest verstoppen achter een hoop afval."

„Jakkie!"

„En op weg naar huis is mijn staart nat geworden als je je zoiets vervelends kunt voorstellen. Er was een mens bezig de straat te sproeien."

„O, Roland, ik hoop dat je geen kou hebt gevat."

„Dat zou echt helemaal het toppunt zijn. Maar mijn vader is niet thuis en ik dacht dat de jouwe dit biljet misschien wel kon wisselen."

„Een hele dollar," zei Isabel nadenkend. „Nou ja, we kunnen het vragen."

Ze ging hem voor naar de achterkant van de krat. Haar vader zat achter het goudgerande woordenboek in zijn zilveren studeerkamer. Hij keek nogal geïrriteerd vanwege zijn laatste bezoeker maar vrolijkte meteen op bij het zien van de dollar. Al zijn de meeste ratten erg gevoelig voor het geglinster van munten en gebruiken zij deze dan ook meestal bij de ruilhandel met de pakratten, meneer Uitewael-Rat had genoeg ervaring met het inzamelen van de jaarlijkse rattehuur om een voorkeur te hebben voor papiergeld. Hij liep om het boek heen en feliciteerde Roland hartelijk met deze unieke vondst. Daarna deed hij een snoepdoosje open, waar iets veel beters dan snoep in zat, legde het dollarbiljet erin en haalde er wisselgeld uit: Twee kwartjes, drie glimmende dubbeltjes en vier stuivers.

„Kun je dat allemaal wel dragen?" vroeg hij. „Is dat niet veel te zwaar voor je?"

„Niet als ik dit aan u geef meneer," zei Roland en hij legde met een groots gebaar een kwartje en een stuiver op het woordenboek. „Dat is voor de I.R.H."

„Dertig cent!" Meneer Uitewael-Rat floot. „Dat is heel royaal van je, Roland, mijn jongen — heel vrijgevig. Al denk ik zo dat je eigenlijk geen jongen meer bent, he? Jij hebt je jeugd alweer achter je gelaten. Je bent nu een volwassen rat."

„Ik neem aan van wel," zei Roland bescheiden met een zijdelingse blik op Isabel.

„En een heel vindingrijke rat," ging meneer Uitewael-Rat verder. Hij scheen er niets op tegen te hebben dat Roland Isabels poot pakte. „Een bemiddelde en vernuftige rat. Waren er maar meer jonge ratten zoals jij. Waren de andere ratten van jouw generatie maar uit hetzelfde hout gesneden! Dan twijfelde ik geen ogenblik of het verdubbelen van de huur was een fluitje van een cent. Dat zou de oplossing van deze crisis zo gemakkelijk zijn als..."

Plotseling krijste Isabel: „Roland! Je staart!"

Roland liet haar poot los en tilde zijn dunne staartje op. Meteen liet hij hem weer vallen alsof het een giftige slang was. De mooie, grijze kleur trok weg uit zijn oren. „Wat is dat?" fluisterde hij bevend.

Meneer Uitewael-Rat rende naar hem toe en bekeek zijn staart. „Ben jij soms in de buurt van rattengif geweest?" vroeg hij met een blik op de groene vlek.

„Rattengif!" krijste Roland. Hij deinsde achteruit en struikelde.

Isabel was te laat bij hem om hem op te vangen. Hij viel over een vreemd ding, een schelp met een gardenia erop geschilderd, en smakte neer op het lucifersdoosje dat de vorige bezoeker had achtergelaten. Mevrouw Uitewael-Rat kwam op Rolands gegil afstormen. Bij het zien van zijn staart hief ze haar voorpoten ten hemel waarbij ze een brok blauwe kaas op de grond liet vallen, en krijste het uit van schrik. Meteen stormde ze de kamer uit om een dokter te halen.

„De mens die de straat aan het sproeien was," zei Roland zwakjes terwijl hij in paniek naar Isabel en haar vader opkeek. „Het is gif... Ze hebben me vermoord, me weggerukt in de bloei van mijn leven."

„De straat aan het sproeien?" riep meneer Uitewael-Rat

71

uit. „Grote goedheid! Dat betekent dat hij morgen misschien de pakhuizen gaat doen! Binnen vierentwintig uur vergiftigt hij misschien onze woningen!"

„Wat maakt dat nou uit?" gilde Roland. „Ik ben al ten dode opgeschreven!"

Even later kwam mevrouw Uitewael-Rat terughollen met een dokter en mevrouw Drees-Rat in haar kielzog. Ze droegen Roland weg naar de logeerkamer en de dokter, een rattoloog, bracht een compres aan op de vergiftigde staart. Daarna gaf hij de jonge rat een stuk pil, gepikt uit een apotheek, en joeg de anderen de ziekenkamer uit.

„Misschien houdt dit de verspreiding van de infectie tegen en misschien ook niet," fluisterde de dokter. Hij was er nooit helemaal zeker van welke pillen waarvoor dienden. „Maar als we geluk hebben valt hij ervan in slaap."

Voor ze weg konden sluipen klonk Rolands zwakke stem uit de logeerkamer. Zijn snikkende moeder wilde naar hem toegaan, maar Rolands stem klonk opnieuw en het werd duidelijk dat het Isabel was, waar hij om riep.

Plechtig liep Isabel de kamer in. Toen ze bij het muiltje kwam waar de patiënt in lag, knipperde hij zwakjes met zijn ogen.

„Issie, je bent zo mooi met dat blauwe lint om... en je vacht is zo schoon en glanzend en geurt zo heerlijk naar badschuim," zei hij snuffelend. „Je bent net een droom."

„O Roland. Je moet nu echt gaan slapen," zei ze met een brok in haar keel. „Dan word je zo weer beter."

„O ja? Geef me dan iets om beter voor te worden, Issie. Beloof me dat je mijn vrouw wordt als ik ooit weer op mijn rattepoten sta."

„Maar Roland, ik ben nog zo jong!" riep ze verrukt.

„Nou, beloof me dan, dat je me trouw zult blijven."

72

„Ik zal je trouw blijven," beloofde ze vurig terwijl ze de poot pakte die hij onder de dekens uitstak. „Zolang je maar wilt."

„Dank je wel, Issie," zei hij en deze ene keer moest hij echt gapen. „Je bent net een droom... Wie zal het zeggen? Misschien ben je wel een droom."

Meteen vielen zijn ogen dicht en gleed hij van haar weg.

De rest van het huis was in rep en roer. Mevrouw Drees-Rat en mevrouw Uitewael-Rat vanwege het nieuws dat een mens, ongetwijfeld de neef van meneer Haven-Mens de straat bij de kaden met gif besproeide. Maar Isabel huppelde van de patiënt naar haar kamer en wervelde rond voor de spiegel die tegen de muur stond. „Issie, je bent zo mooi met dat blauwe lint om," fluisterde ze dromerig. „Je bent net..."

Schril gekrijs van haar vader onderbrak haar gemijmer. Hij wilde dat iemand het wachtmuisje ging halen. „Ik roep het kabinet bijeen voor een noodvergadering!" gilde hij in de gang. „En ik wil dat hij die rommel uit mijn studeerkamer weghaalt!"

Isabel hield op met haar gedraai en liep de gang in. „Hij heeft genoeg te doen, pap," zei ze. „En het is trouwens zo'n miezerig klein beestje hoe hij zich ook uitrekt. Ik ruim die troep wel voor je op."

„Dat is heel lief van je, Issie," zei meneer Uitewael-Rat verbaasd. „Voel jij je wel helemaal lekker? Er is toch geen vergif op jou gekomen, he?"

Ze schudde haar hoofd en draafde voor hem uit de studeerkamer binnen. Ze legde de losse schelp bovenop het lucifersdoosje en sjouwde de hele zaak naar haar kamer. Daar zette ze de geschilderde gardenia naast de spiegel tegen de muur. Nu gebeurde er iets eigenaardigs. Anders werd ze altijd onweerstaanbaar aangetrokken door haar eigen spiegelbeeld, maar nu ze de beschilderde schelp daar had neergezet dwaalden haar ogen niet één keer naar de spiegel. Tot haar verrukking zat er een hele serie beschilderde schelpen in de doos, nog negen andere schelpen, dus tien in totaal. Op een stond een eikeblad, op een andere een paarse krokus en op een derde een uitzicht op het waterreservoir in het park. Elke nieuwe schelp was al net zo wondermooi als de vorige – er was er zelfs een, wonderlijk genoeg, met een mensenkind dat een vlieger opliet.

Ze zette de schelpen rondom tegen de muren van haar kamer, ging er middenin zitten en draaide langzaam rond van de ene naar de andere. Hun overweldigende schoonheid maakte haar net zo dronken als de haveloze Mal-Rat die op de Grote Ratten Raad had gesproken.

Plotseling schoot haar iets te binnen dat die rare rat had gezegd, iets over zakendoen met een mens – en het had iets te maken met het versieren van ringen. Betekende zakendoen niet meestal geld? En zou het niet zo kunnen zijn dat iemand die betaalde voor het versieren van ringen ook een heleboel zou betalen voor deze schitterende schelpen? Natuurlijk was die 'iemand' een mens, dus was het hele idee al even bizar als angstaanjagend. Toch riep het idee van veel geld verdienen glorieuze beelden bij haar op van zichzelf als gevierde heldin van de I.R.H.

De haveloze oude rat woonde onder de dierentuin in Central Park, had hij gezegd. Opgewonden pakte Isabel de schelpen weer in. Ze deed een nieuw lint om en droeg de lucifersdoos naar de voorspleet.

„Hallo, meneer Drees-Rat," zei ze toen ze deze gezagsdrager tegenkwam in de opening.

„O Rudolf, kom binnen, kom binnen," zei meneer Uitewael-Rat die kwam aanschuifelen door de gang. „Issie, waar wil jij naar toe?"

75

„Uit," antwoordde ze.

„O nee. Geen sprake van, jongedame. Ratten gaan niet uit zolang dat mens de straten aan het sproeien is. Niemand zet een poot buiten de deur zolang de jonge Haven-Mens bezig is de stoepen te vergiftigen."

„Dan ga ik wel door de riolen," zei Isabel slim.

„De riolen!" riep meneer Rudolf Drees-Rat die een snufje van zijn zoons eau de cologne door de krat verspreidde. „Altijd maar grapjes maken, die Isabel – zelfs wanneer de wereld om ons heen ineenstort."

Vanuit de gang kon Isabel in de zitkamer kijken waar haar moeder probeerde mevrouw Drees-Rat te troosten met een schaal vol uitgelezen zachte en harde kazen. Nadat meneer Drees-Rat een droevige blik had geworpen op zijn slapende zoon trokken hij en meneer Uitewael-Rat zich terug in de studeerkamer. Isabel sjouwde de lucifersdoos naar de keuken en glipte, net zo gemakkelijk, uit de achterspleet.

Het wachtmuisje was niet op zijn post – misschien vanwege het sproeien buiten. Een tankauto met een doodshoofd en twee gekruiste beenderen op de zijkant stond bij de stoeprand geparkeerd en een jonge man met een zorgelijk gezicht bespoot de stoep met een slang die uit de tank kwam. Maar dankzij haar ervaringen met Martinus schrok Isabel er niet voor terug zich door een handig rooster in een ondergrondse goot te laten zakken. Dit bleek niet mee te vallen. De schelpen waren te teer om het risico te kunnen nemen dat ze zouden vallen.

Tenslotte lukte het haar – en meteen merkte ze dat de pijp erg vies was. De ondergrondse stroom van de stortbui van gisteren was opgedroogd en had een dikke laag vuil achtergelaten. En omdat ze de lucifersdoos op haar rug

76

droeg sleepten de uiteinden van het nieuwe lint over de grond.

„Tweede lint naar de ratsmodee," mompelde ze.

Isabel richtingsgevoel was heel goed, tenminste vergeleken bij dat van haar moeder, maar onderweg naar de dierentuin moest ze wel steeds even omhoog uit een rooster kijken om te zien waar ze was. Tegen de tijd dat ze haar hoofd uit het rooster op Columbus Cirkel stak waar ze eergisteren in was gespoeld, was haar vacht niet meer om aan te zien. Misschien was er wel iemand die ze kende in het park dus liet ze zich snel weer zakken en ging onder de

grond verder door een bochtige pijp onder een van de kronkelende parkwegen.

Toen Isabel haar hoofd weer naar buiten stak was het door een rooster middenin een enorme buitenkooi. Op de grond vlak naast het rooster lag de grootste snuit die ze ooit had gezien. De snuit hoorde bij een dier dat zo reusachtig was dat als het geen vacht had gehad, het bijna net zo angstaanjagend zou zijn geweest als een mens.

Isabel schraapte haar keel, klaar om meteen weer omlaag te duiken. „Neemt u mij niet kwalijk," zei ze. „Wie bent u?"

„Gr-r-r-r-retchen," gromde het dier.

„Gretchen?" Isabel was nogal verbaasd dat het dier een vrouwtje was. „Gretchen wat?"

„Beer-r-r-r-r."

„O bedankt," zei Isabel. Dit moest de dierentuin zijn.

Ze dook weer naar beneden en begon allerlei buizen en

78

gangen van beton en van metaal te onderzoeken. Tenslotte rook ze dat ze in de nabijheid van andere ratten was. Maar toen ze een brede, nogal roestige stalen pijp insloeg werd de lucht heet en vol stoom. Haar lint dat toch al vies was werd nu helemaal slap. Ze draaide zich om.

Toen klonk een liedje door de stoomwolken.

„De dageraad is een rattejong
Krijsend en blind.
Dromen komen in de ochtend
als de dag begint.

Met de warme glans van goud
breekt de middag aan.
Maar zilver is sprekender
zingt de maan.

Rat! Pas op voor de maan
Met haar zilveren tint.
De nacht is een grijsaard,
Krijsend en blind.''

Het was een vreemd liedje maar Isabel werd er onweerstaanbaar door aangetrokken. Ze hoefde nog maar een klein eindje verder de dampende pijp in te gaan om de bron te vinden. Het klonk als een liefdeslied, maar het moet een werklied zijn geweest, want de zanger stond gebogen over een stoompijp en was hard aan het werk met zijn poten! Dezelfde haveloze rat die gisteravond na haar vader achter het bierblikje had gestaan. En toch, door de manier waarop zijn stem, zo ongeschikt voor redevoeringen, de woorden liefkoosde zag hij er in haar ogen plot-

79

seling veel minder sjofel uit. Met een pincet haalde hij een grote gouden ring van de rokende pijp af. Daarna pakte hij een naald en begon een prachtig patroon in het goud te graveren. Met half dichtgeknepen ogen werkte hij snel en zeker in het nog zachte, warme goud. Even later was de ring overdekt met trossen bloemen en bladeren.

„Wat prachtig!" kon ze niet laten te zeggen want de gegraveerde bloemblaadjes waren oneindig veel mooier dan haar moeders bloemstukken.

De haveloze rat draaide zich om en tuurde naar haar. „Jij ook," zei hij.

Ze ging op de lucifersdoos zitten en probeerde haar vacht een beetje te fatsoeneren. „Ik weet dat u Martinus Mal-Rats oom bent," zei ze. „Ik ben Isabel Uitewael-Rat."

Ze was eraan gewend dat dit meteen diepe indruk maakte, maar hij keek alleen een beetje triest en zei zachtjes: „Martinus' oom." Na een minuut voegde hij eraan toe: „Wil je een slokje wijn? Bram!"

Een rat met gele ogen kwam aanschuifelen met een oogdruppelflesje half vol paardebloemenwijn. Dit was Brammert Pak-Rat, zijn 'compagnon', vertelde meneer Mal-Rat haar. Maar Isabel moest niets hebben van de schichtig heen en weer schietende ogen van de pakrat en ook niet van de wijn die hij bij zich had.

„Een uitstekend jaar, deze wijn, meneer," zei de pakrat en trok de druppelaar uit de fles voor de kaderat.

„Bedankt, Bram."

Te oordelen naar het zwiepen van zijn staart was meneer Mal-Rat het helemaal eens met zijn compagnon wat de wijn betreft. Iets zilvers flitste in het slordige haar bij het begin van zijn staart. Het was ook een ring, zag Isabel, veel kleiner, maar nog kunstiger bewerkt dan de gouden ring

80

die hij net had afgemaakt.

„Wat schitterend!" zei ze starend naar de ring. „Wat staat erop? De schijngestalten van de maan? "

„Mmm," zei hij. „In die tijd waren mijn ogen scherper en mijn poten minder beverig. Het zijn manen en zonnen – mijn trouwing."

Brammert Pak-Rats ogen, ook gericht op de ring, werden bijna groen. Toen dwaalden zijn ogen naar de lucifersdoos. „Leeg?" vroeg hij.

„Mmm," zei meneer Mal-Rat die niet door scheen te hebben dat de pakrat het over de luciferdoos had. „Ik voelde me inderdaad een beetje leeg, Bram. Liesje moet net weer zijn vertrokken met een boot – dat voel ik altijd in mijn gebeente."

„Ach ja, meneer. Dat is heel begrijpelijk," zei de pakrat meelevend. „En die doos daar? Is die ook leeg?"

„Doos, Bram? Welke doos?"

„Ik had het tegen de jongedame rat, uwe genade."

Isabel stond op. „Er zitten beschilderde schelpen in," zei ze tegen meneer Mal-Rat. „Die heeft uw neef gemaakt, maar hij heeft ze bij ons achtergelaten. Ik zat te denken over dat prachtige werk dat u doet." Ze wees naar de gegraveerde ring. „De mens, die u kent, betaalt hij u met geld?"

„Gedeeltelijk," antwoordde meneer Mal-Rat.

„Echt waar?" riep Isabel blij. „Ik vroeg me af omdat die mens van mooie ringen houdt en omdat het vergiftigen zo erg is geworden dat mijn... mijn vriendje Roland op het randje van de dood zweeft door een ontstoken staart..." Ondanks de ernst van de zaak voelde ze een aangename rilling bij de woorden 'mijn vriendje'. „Dus vroeg ik me af of u misschien zou kunnen proberen deze schilderijen aan uw mens te verkopen voor geld om te helpen de rattehuur te verdubbelen ."

„De rattehuur verdubbelen?" vroeg meneer Mal-Rat.

„Papa hoopt dat ze dan ophouden met het vergiftigen," legde Isabel uit.

„O, op die manier."

Terwijl ze praatten had de pakrat de lucifersdoos open geschoven en de bovenste schelp met de gardenia eruit gehaald.

„Prima handel," zei Brammert. „Vakwerk."

„Vakwerk!" hoonde Isabel. „Het is heel wat meer dan dat. Het is kunst!"

Ze was zelf verbaasd over haar verontwaardiging, maar meneer Mal-Rat die zijn ogen tot spleetjes had geknepen was het met haar eens.

„Een echte Mal-Rat," mompelde hij met een spoor van trots. „Hoe kent u Martinus, juffrouw... Hoe heet u ook al weer?"

„Uitewael-Rat," zei ze een beetje uit de hoogte. „Isabel Uitewael-Rat."

„Tuttewael-Rat," zei hij. „Nou, juffrouw Tuttewael-Rat, dat zou best eens kunnen. Denk jij dat we ze kunnen verkopen, Bram?"

„Misschien wel, meneer," zei de pakrat terwijl hij de andere schelpen bekeek. „Ze zijn niet erg stevig, maar het schilderwerk is uit de kunst."

„We kunnen ze maandag meenemen, tegelijk met de ringen, en dan zien we wel wat meneer Hamel-Mens ervan zegt enzovoorts."

„Maandag!" riep Isabel die meteen haar ergernis over de verkeerde uitspraak van haar naam weer vergat. „Maandag zijn alle pakhuizen misschien wel vergiftigd!"

83

„Maar we gaan altijd op maandag. We zijn een keer op dinsdag gegaan maar toen was meneer Hamel-Mens niet alleen. Zijn medewerkers waren ook in de galerie dus konden we geen zaken doen. We zijn ook een keer op woensdag gegaan, maar toen was hij ook niet alleen. Wat is het vandaag, Bram?"

„Donderdag, uwe genade."

„Mmm. We zijn ook een keer op donderdag naar hem toegegaan, maar dat ging ook niet – enzovoorts. Hij is de enige met wie wij zaken doen, zie je."

„Maar het móet vandaag!" drong Isabel aan.

„Kom, je overdrijft vast een beetje, juffrouw Tuttewael-Rat. Die rat waar je verliefd op bent is ziek, dus ben je helemaal hoteldebotel. Zo gaat dat in de liefde."

„Ik ben absoluut niet hoteldebotel!" verklaarde Isabel verontwaardigd. Dit was toch wel het toppunt!

„O nee? Arme Ronald."

„Hij heet Roland! En wat weet u er nou van, zo'n..."

Ze had willen zeggen: 'zo'n vieze, ouwe rioolrat, die met zijn poten werkt', maar de bloemen op de gouden ring en de zonnen en manen op de zilveren weerhielden haar ervan. Ze bloosde tot in haar oren toen ze besefte dat ze er zelf ook niet al te schoon uitzag met haar vuile lint en haar smerige vacht. Ze veranderde van tactiek.

„Maar stelt u zich eens voor, u zou beroemd zijn," zei ze. „U en Martinus heten hetzelfde. Als de schelpen genoeg geld opbrengen zal uw naam door de hele rattenwereld weerklinken!"

„Martinus beroemd," mijmerde meneer Mal-Rat hij dacht aan de verbitterde, jonge rat die hij na de Ratten Raad in de pijp was tegengekomen – de jonge rat die zich voor zijn naam had geschaamd en die, had hij later beseft,

84

als twee druppels water leek op 'modder-rat' zoals hij zijn kasteelgekke broer altijd noemde. Hij stelde zich voor hoe de jonge rat zat te broeden in een gore, donkere pijp ergens in de stad. Hij had er geen idee van dat Martinus op dat ogenblik op krijsafstand van de dierentuin was en druk door het zonnige park draafde op zoek naar geld. Nog geen vijf minuten geleden had Martinus nog vlak boven zijn hoofd bij het apenhuis een bravourestukje uitgehaald door onder een ijskarretje te duiken naar een stuiver.

„Dan moesten we het vandaag maar eens gaan proberen," besloot meneer Mal-Rat.

„Zou ik niet doen, als ik u was, meneer," adviseerde Brammert Pak-Rat meteen. „Mensen zijn net zo min te vertrouwen als muizen."

„Ach, het zal ons wel lukken, he Bram?"

„Ons!" De pakrat liet bijna de schelp vallen die hij in zijn poten hield. „Ik handel alleen met Hamel-Mens als hij alleen is."

„Maar u wilt toch ook wel helpen?" zei Isabel en wapperde met haar wimpers.

„Mij niet gezien," mopperde de pakrat.

„En ik dacht nog wel dat u zo'n fantastische zakenrat was," zei Isabel teleurgesteld. „Maar u hebt zeker alleen maar zakeninstinct op maandag."

„Wat?" riep Brammert schor. „Ik heb elke dag zakeninstinct! En 's nachts ook!"

„Dat dacht ik eerst ook!" Isabel begon de schelpen weer in te pakken. „Ik ga mee. Het wordt vast leuk – net een uitstapje naar de stad."

„Leuk! Maak het nou," snoof de pakrat. „Mij krijg je niet zo gek."

„Nou goed." Isabel hield de laatste schelp omhoog.

85

„Wat denkt u dat we ervoor kunnen krijgen, meneer Mal-Rat? Hopen dollars, denkt u ook niet?"

„Zou me niets verbazen," zei meneer Mal-Rat glimlachend.

„Kom op dan," zei Isabel. „Dag, meneer Pak-Rat. Het was leuk kennis met u te maken."

Maar Isabel en meneer Mal-Rat waren nog maar net onderweg of de pakrat kwam hen achterna. En al had Brammert zijn knikkerzak niet vergeten, hij mompelde dat hij net zo goed ook de lucifersdoos kon dragen.

Bij iedere bocht in het doolhof van smerige riolen en afvoerpijpen stond meneer Mal-Rat even stil om op adem te komen en het oogdruppelflesje uit Brammerts zak te trekken. Ze hadden de gouden ring die hij had gegraveerd niet bij zich, maar door al die wijn begon hij toch een liedje over ringen te zingen.

,,Ringen zullen het hart omgeven
van de liefste die je kent
Maar alle ringen vormen cirkels
zonder begin en zonder end.''

Tenslotte kwamen ze bij een omhooglopende buis waar het aardedonker was, op de gele gloed van de ogen van de pakrat na. De buis kwam uit bij een afvoerputje in wat volgens meneer Mal-Rat de kelder was van een torenhoge tempel der mensheid, waarin meneer Hamel-Mens' kunstgalerie was gevestigd. Pauzeren voor een slokje wijn scheen het enige te zijn dat meneer Mal-Rats kortademigheid kon verhelpen. Daardoor kostte het ze wel een uur om de steile treden van de keldertrap te beklimmen. Bovenaan de trap was een reusachtige deur die dicht was.

87

Brammert duwde zijn pak en de lucifersdoos onder de kier van de deur door en daarna wrongen zij zich alle drie door de opening. Ze stonden nu in een enorme hal met een gewreven parketvloer. Zodra Brammert alles weer op zijn rug had geladen renden ze dwars door de hal naar een holletje in de plint aan de overkant.

Er was geen mens te zien, toch bleef Isabel heel dicht bij haar eigenaardige nieuwe vrienden terwijl ze door een schemerige, bochtige tunnel in de muren liepen. Het was vreemd hoe weinig ze had gedacht aan het doel van de tocht toen ze hen overhaalde hierheen te gaan. Ze was nooit eerder in zo'n poel der mensheid geweest. De haren van haar vacht gingen langzamerhand recht overeind staan. Maar gelukkig was meneer Mal-Rat weer op adem gekomen van de keldertrap en begon zijn ringenliedje weer te zingen. Dit stelde haar, vreemd genoeg, een beetje gerust.

Eindelijk viel een bleek licht in de tunnel. Ze kwamen bij het einde, een opening met een boogje erboven waar een zilveren belletje bij stond. Meneer Mal-Rat drukte zachtjes op het belletje en hielp daarna Brammert met het afladen van zijn pak. Even later deinsde Isabel met een gil achteruit. Een reusachtig oog was voor de opening verschenen: een mensenoog.

„Is dat Hamel-Mens?" fluisterde Brammert.

„Dat is niet zo makkelijk te zeggen op een donderdag. Ze zien er allemaal hetzelfde uit," antwoordde meneer Mal-Rat. Toen het oog weg was begon hij het lucifersdoosje naar de opening te slepen. Maar Brammert wierp zich op de doos.

„Nooit meteen al je kaarten op tafel leggen!" fluisterde Brammert dringend. „Niet wanneer je ze één voor één

kunt uitspelen.''

De pakrat schoof de doos open en haalde de bovenste schelp, het schilderij van de gardenia, te voorschijn. Zodra hij het naar buiten had geduwd werd het opgepakt door een paar reusachtige vingers – kaal, dik en met een ongezond roze kleur. Er liep een ijskoude rilling langs Isabels ruggegraat tot aan het puntje van haar staart. Maar de stem buiten het hol klonk verrassend zacht en prettig, voor een mensenstem dan.

,,Nee maar, wat schitterend!'' zei de stem.

,,Wat zei u, meneer?'' klonk een hardere stem op de achtergrond.

,,Ik zei alleen maar: wat schitterend. Over het zingen van de vogels buiten het raam.''

,,Is dat mijn knoop die u daar hebt, meneer?'' vroeg een derde stem, dun en scherp.

,,Knoop, Aart?''

De vloer dreunde van de voetstappen. ,,De koperen knoop van mijn blazer. Raapte u die daarnet niet op?''

,,Eh nee, dit is alleen maar...''

,,Een schelp!'' riep meneer Aart-Mens uit. ,,Hee, De Jong, moet je zien wat meneer Hamel heeft.''

Nog meer voetstappen. ,,Lag dat op de vloer?'' klonk de harde rauwe stem, blijkbaar van De Jong-Mens. ,,Waar komt dat vandaan?''

,,Kijk een muizehol!'' riep meneer Aart-Mens.

,,Muizehol, maak het nou,'' mompelde Brammert.

Weer verscheen een angstaanjagend mensenoog voor de opening. ,,Grote goedheid,'' zei meneer Aart-Mens. ,,Er staat een belletje in.''

,,Een belletje?'' vroeg meneer De Jong-Mens. ,,Hee meneer, wat betekent dit allemaal?''

Meneer Hamel-Mens kuchte.

„Moet je zien hoe fijn de schelp is beschilderd!" riep meneer Aart-Mens uit.

„Tjee, dat is fantastisch!" Meneer De Jong-Mens was het helemaal met hem eens. „Zullen we de muur openbreken meneer, om te zien of er nog meer van die dingen inzitten?"

„Geen sprake van," zei meneer Hamel-Mens.

„Maar meneer. We moeten er toch achter zien te komen waar het vandaan komt?"

Meneer Hamel-Mens slaakte een diepe zucht. „Daar heb ik al wel zo'n idee van."

„Bedoelt u dat u weet welke kunstenaar dat heeft gemaakt?"

„Tja..." Meneer Hamel-Mens haalde diep adem. „Ik neem aan dat het dezelfde kunstenaar is die de ringen voor ons versiert. Ik, eh, heb dit nog nooit aan iemand anders verteld dan aan mijn vrouw, omdat het allemaal een beetje ongeloofwaardig klinkt. Maar nu jullie het toch hebben gezien... Denk erom dat jullie het aan niemand vertellen!"

„We zwijgen als het graf, meneer."

„Wie is die man dan?"

Meneer Hamel-Mens kuchte nog eens. „Tja, het is niet precies een man — geen menselijke man tenminste. Het is, tja... Het is een rat."

Meneer De Jong-Mens lachte schor. Meneer Aart-Mens zoog vol afschuw zijn adem tussen zijn tanden door naar binnen.

„Het is allemaal jaren geleden begonnen. Op een dag merkte ik dat er een gouden ring miste uit de inventaris," legde meneer Hamel-Mens uit. „Ik moet hem op de grond hebben laten vallen of zoiets."

Isabel, die daar ook al een beetje nieuwsgierig naar was geweest, voelde een duwtje. „En Bram hier had hem gevonden, zie je. En hij wist hoe dol ik ben op ringen dus liet hij hem aan mij zien. De eerste keer dat ik met goud kon werken. Machtig mooi spul, goud. Wordt lekker zacht."

„Ik dacht al niet meer aan die ring," zei meneer Hamel-Mens. „En toen op een dag zag ik hem ineens liggen, naast dat kleine holletje in de plint. Alleen was hij van een gladde band veranderd in de prachtigste ring die je ooit hebt gezien, helemaal rondom gegraveerd met lelies."

„Bram bleef er bijna in toen ik hem teruggaf," vertrouwde meneer Mal-Rat Isabel toe. „Maar toen ik ermee klaar was wilde ik weer nieuw materiaal. Nieuw materiaal, daar gaat het om, zie je. Het is... Het geeft je een horizon zoals iemand die ik ken altijd zei. Trouwens het liep allemaal heel goed af, he ouwe ratjanus?"

„Het is een broodwinning," gaf Brammert toe.

„De volgende maandag, toen de galerie gesloten was, heb ik een experiment gedaan," vertelde meneer Hamel-Mens aan zijn medewerkers. „Ik schoof een nieuwe gladde gouden ring in het holletje met een zakje munten erbij als betaling – en ja hoor, sindsdien hebben we elke maandag zaken gedaan. Maar denk je eens in wat er zou gebeuren als de kranten erachter zouden komen. *Kunsthandelaar beweert dat rat ringen graveert*'! Toch is het een feit dat zijn ringen onze belangrijkste bron van inkomsten zijn."

Het duurde een poosje voor zijn medewerkers dit hadden verwerkt. Om beurten tuurden ze in het holletje en bezorgden Isabel bijna een hartaanval. Maar geen van de jonge mannen had een betere verklaring.

„En deze schelp – dat is nog eens wat!" zei meneer Aart-Mens tenslotte. „Mevrouw Plompeblad zou er ons duizenden dollars voor betalen. Om nog maar te zwijgen van de kunstverzamelaars en musea.''

,,Ik denk dat hij aan het schilderen is geslagen,'' mijmerde meneer Hamel-Mens. ,,Het is zijn beste werk tot nu toe.''

,,Mijn beste werk tot nu toe,'' zei meneer Mal-Rat en hij grinnikte geamuseerd.

,,Jammer dat we niet wat onbeschilderde schelpen hebben om hem te geven,'' peinsde meneer Hamel-Mens verder. ,,Het moet dus maar geld worden.''

Tot Isabels verbazing gleed een biljet van twintig dollar het gat binnen. Ze had wel eens biljetten van één dollar gezien in haar leven, en één keer een biljet van vijf dollar, maar nog nooit een van twintig dollar. Maar meneer Mal-Rat duwde het resoluut weer naar buiten.

„Goeie genade!" riep meneer Aart-Mens. „Hij doet het niet."

Nu kwam een biljet van honderd dollar het hol in. Meneer Mal-Rat maakte er een prop van en schopte het weer naar buiten.

„Een ogenblikje, heren," zei meneer Hamel-Mens. „Ik moet even naar boven naar de brandkast."

Een deur ging open en dicht in het kantoortje.

„Hoeveel heb je nodig om die kaden van jullie te redden en Martinus beroemd te maken, juffrouw Tuttebel-Rat?" vroeg meneer Mal-Rat en rommelde in Brammerts knikkerzak.

„Mijn vader probeert nog vijftigduizend dollar bij elkaar te krijgen," fluisterde Isabel te dankbaar om boos te zijn over de verminking van haar naam.

„En hoeveel schelpen zitten daarin, Bram?" vroeg meneer Mal-Rat terwijl hij vier oogdruppelflesjes uit de zak trok.

„Tien, uwe genade."

„Tien, he? Dan wordt dat... mmm, mmm..."

„Vijfduizend per stuk, meneer," rekende Brammert uit.

Meneer Mal-Rat dronk zoveel wijn uit de flesjes dat het niveau in alle vier verschillend werd. „Vijfduizend, he?" zei hij tussen de slokken door. „Geen erg rond getal." Slok. „Ik houd meer van ronde getallen." Slok. „Ronde dingen zijn het beste." Hij haalde een munt uit Brammerts zak er begon ermee op de flesjes te tikken. Hiermee bracht hij een van de mooiste wijsjes voort die Isabel ooit had gehoord. Een wijsje zo verrukkelijk dat ze medelijden had met de twee mensen buiten het hol die stonden te leuteren over geld en over hun 'slappe, weekhartige' baas, in plaats van naar de muziek te luisteren.

De deur van het kantoor ging open en weer dicht.

„Mijn oude noodfonds," verklaarde meneer Hamel-Mens.

„Biljetten van duizend dollar!" Meneer De Jong-Mens floot tussen zijn tanden. „Zo'n biljet heb ik nog nooit gezien."

„Duizend dollar, meneer," klaagde meneer Aart-Mens. „Aan een rat?"

En jawel, daar gleed een biljet van duizend dollar het hol in. Meneer Mal-Rat legde de munt neer, duwde het biljet naar buiten en ging door met het tinkelen van zijn wijsje op de flessen.

„Goeie genade!" riep meneer De Jong-Mens.

Het volgende aanbod was vijf dollarbiljetten van duizend. Bij het zien van de rol geld lichtten Brammerts gele ogen op tot ze op twee vuurvliegjes leken. „Dat is genoeg, zei hij schor en hij wreef in zijn voorpoten. „Tien keer vijfduizend is vijftigduizend."

„Vijfduizend, vijftigduizend," mompelde meneer Mal-Rat en hij overwoog de getallen in zijn hoofd. „Niet erg rond."

„Maar, uwe ge..."

Te laat! Voor Brammert hem tegen kon houden had meneer Mal-Rat zijn munt laten vallen en de vijf biljetten van duizend dollar weer naar buiten geschoven.

„Maar, meneer Mal-Rat!" protesteerde Isabel.

„Zeg maar oom Manus," stelde meneer Mal-Rat voor en hij ging door met zijn muziek.

„Drie maanden salaris!" hijgde meneer De Jong-Mens in het kantoor. „En die rat gooit het gewoon terug in ons gezicht! Ik zou hem geen rooie cent geven als ik u was! U hebt die schelp toch al."

„Ah ja, maar dat is geen manier van zaken doen," antwoordde meneer Hamel-Mens. „En trouwens, hij heeft er misschien nog wel meer. Kijk hier eens naar – ziet dit eruit als het werk van een beginneling?"

„Nee, meneer. Maar... Toch niet nog meer! Maar dat is..."

„Ik weet best hoeveel het is, De Jong. Maar vergeet niet dat ik een fortuin heb verdiend aan de ringen door de jaren heen. En bovendien geeft mevrouw Plompeblad me er zeker het dubbele voor."

Isabel werd helemaal duizelig toen ze de rol van duizenddollar-biljetten zag die het hol inkwamen. Oom Manus legde de munt neer om ze te tellen.

„Drie, zes, negen duizendjes en twee vijfhonderdjes," zei hij weifelend. „Dat klinkt ook niet rond."

„Dat is tienduizend, meneer!" gilde Brammert en wierp zich bovenop de biljetten.

„O, tienduizend." Oom Manus knikte goedkeurend en begon weer te spelen. „Geef hem de rest maar Bram. Enzovoorts!"

Maar Brammert was er de rat niet naar alle negen schelpen tegelijk te geven. Hij gaf ze één voor één en ontving elke keer tienduizend dollar. Op een kleine onderbreking na, toen meneer Hamel-Mens een van zijn medewerkers naar de bank stuurde, verliep alles gladjes. De laatste schelp die Brammert naar buiten duwde was het schilderij van het mensenkind dat een vlieger opliet.

„De Jong! Aart!" riep meneer Hamel-Mens na de tiende betaling. „Kijk eens naar deze schelp!"

Meneer Aart-Mens floot opnieuw. „Ik sta paf," verklaarde hij. Niet alleen vakwerk, maar ook zo'n goede smaak in de keuze van zijn onderwerpen! Ware kunst! Ongelooflijk!"

„Mmm, dat is het inderdaad," zei meneer Hamel-Mens nadenkend. „Maar het is me al vaker opgevallen dat rat en 'art' uit dezelfde letters bestaan en 'art' betekent kunst in het Frans en het Engels."

Oom Manus grinnikte. Brammert begon de biljetten voor de derde keer te tellen.

„Zal ik dit papiergeld maar inpakken, uwe genade?" fluisterde de pakrat schor toen hij klaar was met tellen.

„Ja, waarom niet, Bram." Oom Manus beëindigde zijn wijsje op de hoogstklinkende fles en gooide de munt neer. „Ik hoop dat Martinus zich voortaan niet meer voor zijn naam zal schamen en dat jullie kaden erdoor behouden blijven, juffrouw Uilebal-Rat."

Isabel knikte verdoofd. Ze zag Brammert de munt oprapen en steels in zijn zak laten glijden. De biljetten propte hij er bovenop.

„Dat schijnt alles te zijn voor vandaag," klonk de stem van meneer Hamel-Mens in het kantoor. „Ik zal onze aanwinsten even boven in de brandkast gaan leggen."

De deur van het kantoor ging weer open en dicht.

„Geen plaats meer voor de flessen," merkte oom Manus op toen hij zag hoe de dikke rol papiergeld de zak vulde. „Wel zonde van die goede wijn."

Hij trok een van de druppelaars eruit en kneep hem leeg in zijn mond.

„Honderdduizend dollar!" mompelde meneer De Jong-Mens buiten het holletje. „Kun jij je dat voorstellen, Aart?"

„Vijf jaar salaris, aan een rat!" zei meneer Aart-Mens. „Belastingvrij!"

„Blijf jij hier staan, Aart. Dan zal ik kijken waar dit hol uitkomt."

97

„Ik weet wat, De Jong. De man van de ongediertebestrijding heeft een paar van die ontsmettings-rookbommetjes in de kelder laten liggen. Als we het geld vinden delen we het, goed?"

„Ieder de helft."

„Goed. Maar schiet op – straks komt Hamel weer beneden."

„Wat is een rookbom, oom Manus?" vroeg Isabel. Het gesprek tussen de twee mensen stond haar helemaal niet aan.

„Al sla je me dood," zei oom Manus en hij deed de fles dicht. „Toch kunnen we misschien beter de poten nemen, en zo." Tot Isabels verrassing nam hij het pak op en maakte het vast op haar rug. „Ziezo, juffrouw Uitdebil-Rat. Het is zo toch niet te zwaar, he?"

„Laat mij het liever dragen, uwe genade," bood Brammert onmiddellijk aan. „Het is toch niet gepast een kaderat het zware werk te laten doen – vooral niet zo een als u, juffrouw."

Oom Manus haalde zijn schouders op. Dus nam Brammert het dikke pak over. Na een laatste blik op zijn paardebloemenwijn ging oom Manus de tunnel in, met Isabel op zijn hielen. De pakrat kwam als laatste met de kostbare lading. Bij het andere einde van de tunnel gekomen stak oom Manus zijn kop naar buiten. Hij trok hem maar net op tijd terug toen een bezem met angstaanjagende snelheid op hem neersuisde.

„We kunnen beter teruggaan," adviseerde hij. „We moeten gewoon een poosje wachten."

Hij dreef ze terug naar de oogdruppelflesjes en het lege lucifersdoosje bij de uitgang in het kantoor. Daar hielp hij Brammert het pak van zijn rug af te halen, leunde achterover tegen het pak en nam nog een slokje wijn.

„Heel comfortabel, dat papiergeld," merkte hij op. „Ook een slokje wijn, juffrouw Wielewaal-Rat? Je ziet eruit alsof je best een kleine hartversterking kunt gebruiken."

Dat was wel heel zwak uitgedrukt. Isabel bibberde van het puntje van haar snuit tot aan het puntje van haar staart en haar poten waren helemaal klam en plakkerig. Hoe ter wereld kon die sjofele kaderat daar zo kalmpjes wijn staan te drinken, vroeg ze zich af, terwijl hij net op een haar na was verpletterd door een bezem?

„Oef!" bracht ze er eindelijk uit met een beverig stemmetje. „Weet u zeker dat ze weg zullen gaan, oom Manus? Ik bedoel, we zitten hier als muizen in de val."

„Hamel-Mens komt vast zo weer terug en ook als hij dat niet doet, het zijn geweldige slaapkoppen, die mensen. Ze slapen uren en uren achter elkaar elke nacht, als blokken, he Bram? Trouwens, zo erg is het hier niet. Je hebt hier tenminste geen last van wind en regen enzovoorts." Na deze filosofische ontboezeming deed oom Manus zijn ogen half dicht en begon weer te zingen:

> „Hier of daar, wat maakt het uit.
> Onderweg of stilletjes thuis.
> Op den duur ben je toch met jezelf alleen
> En is het nergens pluis."

Plotseling werd het pikdonker in de tunnel. Een smerige lucht kroop Isabels neusgaten binnen. Brammert kokhalsde.

„O, o," zei oom Manus. „Dat zal de ontsmettings-rookbom zijn."

Wat er ook in de opening zat er kwam in ieder geval een afschuwelijke stank uit. Isabel hoorde Brammert krijsend wegrennen – maar ze was zo verstijfd van schrik dat ze geen poot kon verroeren. Met ingehouden adem en bibberend van top tot teen voelde ze dat oom Manus het pak weer op haar rug vastmaakte. Daarna voelde ze hoe hij zijn staart als een halsband om haar nek sloeg en haar zo de tunnel doortrok.

Bij het andere uiteinde werd het steeds lichter. Brammert zat ineengedoken bij de opening en zei schor: „Het gas of de bezem? Het gas of de bezem?"

Ze hadden niet veel tijd om erover na te denken. Een groene wolk was hen door de tunnel gevolgd. Maar zelfs in haar paniek vroeg Isabel zich af waarom oom Manus – die nu zo alert en nuchter leek en niet in het minst buiten adem – de moeite had genomen het lege lucifersdoosje op zijn rug mee te nemen.

„Tel tot vijf nadat ik weg ben!" commandeerde hij. „Dan ren je naar die deur daar zo snel als je poten je kunnen dragen! Hebben jullie dat allebei goed begrepen?"

Isabel en Brammert knikten. Martinus Mal-Rat senior gaf hun een knipoogje en schoot het hol uit met het lege lucifersdoosje op zijn rug. Zelfs toen de bezem omlaag smakte begon Isabel gehoorzaam te tellen.

„Ze hebben hem gemist!" kraakte Brammert. „Daar gaat-ie! Mis! Ze gaan achter hem aan!"

„...vier, vijf!" riep Isabel terwijl het groene gas haar neusgaten binnenkroop. Brammert en zij drongen zich tegelijk naar buiten – wat enige vertraging opleverde – maar tot hun verbazing werden ze niet meteen door een bezem verpletterd. De gewreven parketvloer was zo glad als een spiegel en met het grote pak op haar rug was Isabel niet erg

100

snel ter poot. Maar Brammert wachtte geen seconde op haar, om haar aan de overkant onder de deur door te helpen. Hij dook door de kier en was al uit het gezicht verdwenen toen zij nog halverwege was. En bij de deur verhinderde het pak haar door de kier te glippen. Ze moest zich op haar zij laten rollen en zich eronderdoor wriemelen. Komend uit de felverlichte hal was het schemerig achter de deur, en ze was de steile keldertrap vergeten tot ze van de bovenste trede tuimelde. Au! Ze krijste toen ze de volgende trede afgleed – en daarna de derde trede – en net toen ze ondersteboven een glimp opving van Brammert die haar in de steek liet en door het afvoerputje onderaan de trap glipte, viel ze van de zijkant van de trap af. „Hèèèlp!'' riep ze en ze viel als een steen in een diepe, donkere put.

Terwijl Isabel in de geheimzinnige, donkere put tuimelde, torste Martinus twee centen, een vieze oude en een nieuwe glimmende, naar zijn laurierstruik aan de oever van het reservoir in het park. De middag liep ten einde en Martinus begon uitgeput te raken. Hij was aan een stuk door in de weer geweest met schatzoeken. Drie keer had hij zijn staart en zijn leven gewaagd. Bij het weggrissen van gevallen munten was hij drie keer bijna platgetrapt – één keer door een sportschoen en twee keer door wandelschoenen – maar het hoopje geld onder de struik was nog steeds niet veel soeps. Hij had een buitenkansje gehad bij de draaimolen, dat was waar. Maar na het kwartje dat hij toen had gevonden, was zijn hoogste munt een stuiver en daar had hij er maar twee van. Verder had hij alleen maar centen.

Hij legde de laatste twee centen erbij en ging weer op pad, vastbesloten het dit keer beter te doen.

Tegen de tijd dat de ondergaande zon het waterreservoir de blozende roze kleur gaf van pasgeboren rattejongen had hij nog maar vijf centen aan zijn verzameling toe weten te voegen. Hij kroop onder de struik in de schemering en telde zijn geld. Alles bij elkaar was het niet meer dan een armzalige zevenenveertig cent.

Te somber en te moe om te genieten van de kleuren aan de avondhemel zakte Martinus neer naast het geld en viel als een blok in slaap. Hij droomde dat hij bij de Grote Ratten Raad was. Meneer Hugo Uitewael-Rat stond bovenop de bank en vroeg om bijdragen voor de I.R.H. – deed een oproep giften te storten – om een ratwaardig bestaan te kunnen waarborgen. En daar kwam hij, Martinus, met een lange sok vol kwartjes en zilvergeld de bank op. Hij sleepte de sok naar het gedeukte bierblikje en bood hem aan voor het goede doel. Meteen barstte een donderend applaus los onder de duizenden ratten daar beneden. Het gejuich was zo oorverdovend dat hij zijn poten over zijn oren moest slaan; maar niet over zijn ogen, dus zag hij heel goed hoe een beeldschone jonge vrouwtjesrat met een blauw lint om haar hals opstond van de gereserveerde plaats op de voorste rij naast Roland Drees-Rat. Niets wat de jonge Roland zei kon haar bewegen naast hem te blijven zitten! Ze klom op de bank, danste luchtig over het podium en gaf hem, Martinus, een zoen op zijn snuit...

Martinus deed zijn ogen open en zag de volle maan door de bedauwde takken van de laurierstruik schijnen. Hij knipperde verward met zijn ogen, nog half in slaap. Hij had erg scherpe ogen tot op een bepaalde afstand, maar de maan was geweldig ver weg en de schaduwplek op zijn vollemaansgezicht was niet meer dan een vlek voor hem. Hij had er wel aan gedacht de maan te schilderen – kruisbessengeel op een braamkleurige achtergrond – maar de vage plek had hem ervan weerhouden. Droomde hij nog of was er een ring om de maan vannacht, een soort halo? De woorden van een liedje kwamen bij hem op.

> Ringen binnen in de bomen
> Ringen rondom zon en maan
> Ringen gesmeed door rattenengelen...

Hoe kwam hij daaraan, vroeg hij zich soezerig af, nog

nagloeiend van zijn heerlijke droom. Plotseling schoot alles hem weer te binnen. De ontmoeting met zijn haveloze, dronken oom in de pijp, de schaamte over zijn naam en de onmogelijkheid van de gedroomde zoen. Hij sloot zijn ogen voor het maanlicht.

Gelukkig sliep hij weer in. Deze keer viel hij in een diepe, droomloze slaap, zoals ratten alleen midden in de winter overvalt of wanneer ze diep in de put zitten. Toen hij weer wakker werd stond de zon hoog aan de hemel en glinsterden kleine muntjes van zonlicht tussen de echte munten op de grond.

Maar de vrolijke zomerdag kon Martinus' gevoel van eenzaamheid niet verjagen. Wat moest hij nu doen? Naar huis gaan, zodat zijn ouders niet ongerust zouden zijn of zijn zevenenveertig cent naar meneer Uitewael-Rat brengen? Maar zijn ouders hadden het altijd veel te druk met hun pootarbeid om zich veel zorgen over hem te maken en wat de zevenenveertig cent betrof: Het leek nauwelijks genoeg om de voorname rat mee lastig te vallen. Een eikeblad woei zachtjes tegen Martinus' zij aan. Vol afschuw zwiepte hij het weg met zijn staart. Het was een teken: Hij moest Isabels vader niet lastig vallen. Want op één van de waardeloze schelpschilderijen waarmee hij zo'n figuur had geslagen bij die edele rat, had een eikeblad gestaan.

Het beste wat hij kon doen was nog meer geld verzamelen. Als hij een hele dollar bij elkaar kon krijgen, nog drieënvijftig cent erbij, dan zou dat misschien meneer Uitewael-Rats aandacht waard zijn. Maar net toen Martinus onder de struik uit wilde kruipen hoorde hij twee stemmen boven zich.

„Nou, dat is nou wat ik – kouw – kouw geld noem," zei iemand „Jij?"

„Nou, ik – kouw – kouw ook – kouw – kouw," antwoordde een andere stem.

Een stel kraaien wipte door de takken heen naar beneden om zijn hoopje geld te bekijken. Martinus rende terug en snauwde hen zo dreigend als hij maar kon toe. De hebberige zwarte vogels die groter waren dan hij, giechelden alleen maar. Hij bleef naast zijn hoopje zitten met een ongeduldig zwiepende staart. Voor drieënvijftig cent had hij iedere seconde nodig van het daglicht dat hem nog restte. Gelukkig verveelde het de vogels na een tijdje en vlogen ze weg. Martinus was net bezig een gat te graven om zijn geld in te verstoppen toen hij heel dichtbij een nieuw stem hoorde. De stem mopperde: „Idioot, idioot, idioot! Stomkop, stomkop, stomkop!"

Martinus keek op van zijn gat en zag een rat met een versleten papieren zak op zijn rug onder zijn struik schieten. Daar stond de rat stil en staarde vol belangstelling naar het hoopje munten.

„Van jou?" vroeg de rat.

Tot zijn grote schrik besefte Martinus dat de indringer een pakrat was, dezelfde die hij al eerder in het park had gezien, dezelfde verlopen, geelogige rat die met zijn oom was meegekomen naar de Grote Ratten Raad. Hij was wel de laatste rat waarmee Martinus wilde praten. Maar de pakrat liet zich met een zucht op de grond neervallen en begon met zijn ogen op het geld gericht een klaagzang over zijn miserabele lot.

„Vroeger had ik een echt pak, weet u, maar nu heb ik alleen deze oude zak," mopperde hij. „Vroeger had ik ook een partner – een kaderat net als uwe genade – maar nu heb ik alleen mezelf nog. Vroeger had ik een heleboel spullen, munten en van alles, nu heb ik nog alleen maar hoofd-

pijn van het groene gas. Ik heb het er maar net levend weten af te brengen – heldhaftige ontsnapping, zes bezems tegelijk achter me aan! En wat krijg ik ervoor? Geen ene moer! De ongelukkigste pechvogelrat van de hele stad, dat is de rat die u hier voor u ziet, jongeheer.''

„Dat weet ik nog zo net niet,'' mompelde Martinus. En hij zei: „Nou tabee,'' tegen de rat maar jammer genoeg ging de rat er niet op in en bleef zitten waar hij zat. Om iets te zeggen vroeg Martinus hem wat er met zijn partner was gebeurd.

„Waarschijnlijk de pijp uit," antwoordde de pakrat. „En weet je waarom? Om geld te krijgen voor een doel dat hem ijskoud liet en om te zorgen dat een of ander stom neefje zich niet voor zijn naam zou schamen."

„Zorgen dat een neefje zich niet voor zijn naam zou schamen? De pijp uit?" vroeg Martinus knipperend met zijn ogen.

„Ja zeker. En dan te bedenken dat ik ervandoor ging zonder mijn pak! En dat zat nog wel vol met al dat verrukkelijke papiergeld! Ik kan me wel voor mijn kop slaan!"

„De pijp uit?" Martinus klom uit zijn halfgegraven gat. „Je bedoelt zeker stomdronken, he?"

„Nee, ik bedoel dood, het hoekje om," zei de pakrat kribbig. „En dat alleen maar om een stel stomme schelpen te verkopen en al dat verrukkelijke papiergeld aan die knappe jonge vrouwtjesrat met de kraalogen te geven. Plus míjn pak!"

„Schelpen?"

„Met plaatjes erop. Brachten nog een heel aardig sommetje op — aardigste sommetje dat ik ooit van mijn leven heb gezien. O, hoe kon ik zo'n stomme idioot zijn!"

„Wat voor knappe jonge vrouwtjesrat?" vroeg Martinus steeds geïnteresseerder.

„Een of andere Uitdenaad-Rat of zo, voor een goed doel."

„Uitewael-Rat? Isabel Uitewael-Rat soms?"

„Zoiets ja. Ging met ons mee en pikte míjn pak in! Ze wond ons gewoon om haar staartje, net als een ring. Dat deed ze."

Even voelde Martinus een rilling van plezier. Hij begreep dat Isabel meer in zijn schelpschilderijen moest hebben gezien dan haar vader. Maar ach, ze had er vast alleen

een middel in gezien om haar kaden te redden.

„Je zei iets over dat hij wilde zorgen dat een neef zich niet voor zijn naam hoefde te schamen," drong hij aan.

„Ja. Daarom nam hij zo'n groot risico," mopperde de pakrat. „Zelf interesseerde hij zich geen barst voor geld, dat heeft hij nooit gedaan. Alleen voor die vrouw van hem die hem in de steek liet, en voor zijn ringen. Dat waren de enige dingen waar hij om gaf. Wij gingen altijd op maandag, ziet u. Maandag was veilig."

Martinus slikte. „Maar waarom denk je dat hij dood is?"

„Omdat ze allemaal achter hem aangingen. Nou niet allemaal natuurlijk, alleen degenen die niet achter mij aanzaten. Ze moeten hebben gedacht dat het geld in de lucifersdoos zat. Ik denk dat hij wel dacht dat ze dat zouden denken."

„Lucifersdoos? Lucifersdoos! Maar waar gebeurde dat allemaal? Moeten we niet naar hem gaan zoeken?"

„Wij?" hoonde de pakrat. „Wat hebt u ermee te maken?"

„Ik ben ook Martinus Mal-Rat," verklaarde Martinus.

„Wat? Bent u het neefje?"

Martinus knikte. De pakrat knipperde met zijn gele ogen, eerst verbaasd en daarna nadenkend.

„Nou, misschien hebt u gelijk. Misschien kunnen we beter teruggaan," zei de pakrat uiteindelijk. „De ouwe Hamel-Mens is misschien toch weer teruggekomen. Maar we zullen wel tot middernacht moeten wachten. De kunstgalerie is veel te gevaarlijk met al die Aart-Mensen en De Jong-Mensen! Vals als de pest zijn ze, en nog allemachtig hebberig ook. Je zou niet geloven dat iemand zo hebberig kon zijn als die twee."

109

„Middernacht?" zei Martinus verwonderd. „Jouw vriend verkeert in levensgevaar en jij wil wachten tot middernacht?"

„Ik verzet geen poot tot de maan opkomt en de lichten in die gebouwen daar uitgaan," verklaarde de pakrat. Niets ter wereld krijgt mij zo gek dat ik die valse, hebberige monsters dit jaar nog eens tegenkom."

Martinus staarde strak in de gele ogen. Maar na een tijdje verzachtte zijn blik. „Wat zou je zeggen van zevenenveertig cent," sloeg hij voor.

De gele ogen werden wijd opengesperd. Het leek of ze de centen op het hoopje telden.

„Nou, misschien wel voor zevenenveertig cent," gaf de pakrat toe. „Als u even een paar minuutjes met uw rug naar me toe wilt gaan staan, jongeheer, dan zal ik de zevenenveertig cent hier ergens in de buurt begraven. Vroeger vertrouwde ik iedereen, zacht als boter was ik. Maar ik heb mijn lesje wel geleerd. Gas en bezems! Ze zijn daar allemaal zo vals en hebberig, je gaat ervan over je nek!"

„Mmmm," zei Martinus toegeeflijk. Hij draaide zich om zodat de pakrat zijn geld weg kon slepen en ergens begraven. Vreemd genoeg scheen het ineens veel belangrijker zijn haveloze oom te redden dan de deftige kaden.

Op dezelfde tijd rond het middaguur kwam Isabel weer bij bewustzijn – maar in plaats van glinsterende munten van zonlicht om haar heen zagen haar knipperende kraalogen niets dan een grauwe duisternis. Een ogenblik dacht ze dat ze thuis in bed lag en midden in de nacht wakker was geworden omdat ze te veel had gegeten. Maar haar bed voelde raar knobbelig aan. En bovendien was het onheilspellend stil. Waar was het geruststellende gemurmel van het water dat onder de kaden doorsijpelde? Ze snoof diep. Jakkie! Het stonk in haar slaapkamer!

Het was zo'n walgelijke stank dat ze haar poten over haar neus sloeg. Haar poten stonken ook al! Ze keek op en zag een bleke ronde opening hoog boven haar hoofd. Ineens herinnerde ze zich alles weer. Op de vlucht voor het groene gas had ze zich onder de kelderdeur doorgewrongen en was van de zijkant van de trap gevallen in deze donkere put. Ze had er geen idee van hoe lang ze daar bewusteloos had gelegen. Het enige wat ze wist was dat haar leven was gered door het dikke pakket op haar rug, dat haar val had gebroken.

Ze voelde het pak zitten en nu herinnerde ze zich ook wat er voor bijzonders in zat. Ze moest het geld zo snel mogelijk naar haar vader brengen om te verhinderen dat de kaden en de pakhuizen werden vergiftigd! Maar de wanden van de put waren hoog en glibberig. Ze probeerde er een paar keer tegenop te klauteren maar ze viel steeds weer terug op de grond.

Maar welke grond rook zoals deze? Ze snoof voorzichtig. Bah! Visgraten, koffiedik, as, rotte eieren, meloenschillen. Iets kriebelde aan haar snuit. Er kropen ook nog beestjes in rond! O hemel! Nu wist ze waar ze was. Ze zat in een vuilnisbak! Zij – Isabel Uitewael-Rat – zat daar tussen het vuilnis met een stel vieze beestjes! O, was er dan niemand om haar te redden? Nog niet zo lang geleden, herinnerde ze zich, had iemand haar zijn staart toegegooid. Maar de herinnering aan de verpletterende bezem weerhield haar ervan om om hulp te krijsen.

Maar ja, als ze daar bleef zitten en niets anders deed dan haar neus dichthouden zou ze tenslotte zelf ook verrotten. Dus ging Isabel aan de slag. Drie uur lang was ze in de weer met graven in het stinkende afval, sissend om zich de insekten van het lijf te houden. Ze stapelde het afval op aan een kant van de vuilnisbak en bouwde zo een trap voor zichzelf. Maar toen ze probeerde erop naar boven te klimmen zakten de bovenste treden in en tuimelde ze weer helemaal naar beneden op de stinkende bodem. ,,Waarom deed je bovenop ook koffiedik, stommerd,'' mompelde ze ongeduldig terwijl ze zich een beetje afklopte. Ze trok een visgraat onder een stapel sinaasappelschillen uit, sjorde hem de wankele trap op en zette hem als een ladder tegen de wand. Hij haalde de rand net niet helemaal. Ze nam hem weer mee naar beneden, zocht nog een visgraat op en bond deze aan de andere vast met haar lint, dat toch bedorven was. Deze dubbele ladder haalde het tot aan de rand. Maar net toen ze erop wilde klimmen dacht ze aan het geld en moest ze weer helemaal de stinkende diepte in om het pak op te halen.

Tenslotte bereikte ze toch de bovenrand van de vuilnis-

bak. Wat rook de wereld daarboven toch veel frisser! Gelukkig stonden er verschillende kleinere vuilnisbakken omheen, met hun deksels erop, dus hoefde ze zich niet van die grote hoogte op de cementen vloer te laten vallen. Eenmaal beneden rende ze naar het afvoerputje, schoof het pak door het rooster en wrong zich er achteraan de schuin aflopende pijp in.

Na de vuilnisbak schenen de vieze riolen haar bijna luxueus toe. Toen ze er bijna een uur lang doorheen was getrippeld, stak ze haar hoofd door een rooster om te zien waar ze was. Het was een zonnige middag in de stad. Maar was het nog steeds donderdag, of was het al vrijdag of misschien zelfs zaterdag?

Tenslotte kwam de pijp uit bij de rails van de metro. Ze keek goed allebei de kanten op en schoot er overheen. Een stel muizen zat dicht bijeen tegen een schakelkast. Behalve tegen het wachtmuisje had Isabel zich nooit verlaagd tot het praten tegen zulke minderwaardige schepsels, maar nu aarzelde ze geen moment.

,,Kunt u mij zeggen welke dag van de week het is, alstublieft?" vroeg ze beleefd.

,,Wat mankeert jullie ratten? Zijn jullie soms blind?" gilde een van de muizen.

,,Hoezo?" vroeg Isabel beduusd.

,,Daar." De andere muis wees met zijn armzalige staartje naar het perron dat vol stond met zwetende mensen. ,,Kijk dan. Ze hebben allemaal koffers bij zich. Ze gaan het weekend weg. Dat betekent dat het vrijdag is, dat spreekt toch vanzelf!"

Brutale onderkruipsels, dacht Isabel. Maar ze verspilde er geen tijd aan ze tot de orde te roepen. Vrijdag! Ze had de hele nacht en de hele volgende ochtend bewusteloos gelegen in de vuilnisbak! Wie weet waren de pakhuizen nu wel allemaal vergiftigd!

Het was spitsuur toen ze door het rooster naar boven kroop aan de overkant van de kade waar ze woonde. Het pakhuis stond er nog. Er scheen nog geen parkeergarage van te zijn gemaakt. Maar de vrachtauto met het doodshoofd en de gekruiste beenderen stond nog steeds geparkeerd voor het pakhuis op kade 58.

Toen er eindelijk even geen verkeer was sleepte ze het pak de straat over en door de spleet pakhuis 62 in. Het wachtmuisje slaakte een ijselijke gil.

„Geen zwervers hier!" krijste hij met verstikte stem. „Geen pakratten buiten kantooruren! Ga onmiddellijk mijn entree uit!"

Isabel giechelde. Het idee dat het muisje haar voor een zwerver of een pakrat hield! Maar toen ze in de richting van krat 11 liep, voelde ze ineens een harde ruk aan haar staart. Ze hield meteen op met giechelen. Hoe durfde het wachtmuisje zo aan haar staart te trekken! Maar ze hoefde zich al niet meer los te rukken. Haar vlammende ogen waren genoeg. Het wachtmuisje liet haar staart los en verloor een ogenblik zijn kaarsrechte houding.

Isabel glipte krat 11 binnen door de achterspleet. Haar moeder zat in de keuken met mevrouw Drees-Rat.

„Hoe gaat het met Roland!" riep Isabel.

Mevrouw Uitewael-Rat wierp één blik op Isabel en viel flauw. Mevrouw Drees-Rat trok haar neus op en staarde haar aan. Isabel rende langs hen heen naar de logeerkamer waar ze haar geliefde het laatst had gezien en gooide de deur open.

„Roland!" riep ze verrukt toen hij overeind ging zitten in het muiltje. „Je leeft nog!"

115

„Wel wis en drie leef ik nog," zei Roland uit de hoogte. „En wat heb jij daarmee te maken?"

Isabel lachte haar klaterende lachje en liep naar het muiltje toe. „Ik ben het, gekkie. Ik heb een ongelooflijk avontuur beleefd! Maar ik heb de hele tijd in de rats gezeten om jou."

Roland deinsde terug. „Wat denk je wel! Zomaar bij de Uitewael-Ratten binnen te sluipen," schold hij. „Zo'n ordinaire straatrat als jij! Goeie genade wat een stank!"

„O dat is alleen mijn vacht maar. Tjee, Roland, als je eens wist wat ik hier in dit pak heb! Ze zullen nooit meer iemand van ons vergiftigen!"

„Moeder!" krijste Roland. Hij waaierde met zijn poot voor zijn neus heen en weer.

„Wat is er?" vroeg Isabel. „Wil je niet meer met me trouwen?"

„Trouwen met jou! Ben je gek geworden?! Denk je heus dat een Drees-Rat ooit zou trouwen met zoiets als jij?"

Die woorden voelde Isabel als een klap in haar gezicht. Hoe kon hij haar zo behandelen – of welke andere rat ook? Ze deed een stap naar hem toe. Hij trok een vies gezicht. Diep gekwetst draaide ze zich om en liep de kamer uit.

Toen ze zichzelf weer een beetje in de poot had sloop ze door de kurken gang en keek om de deur van haar vaders studeerkamer. Zijn vacht leek sinds gisteren nog weer witter te zijn geworden van de zorgen. Na haar ervaringen met Roland besefte ze dat ze beter met de deur in huis kon vallen, dus rende ze naar binnen en smeet het pak op het woordenboek.

„Hier heb je honderdduizend dollar, pap!" gooide ze eruit. „De helft is voor de rattehuur en de andere helft is van Martinus. Hij heeft ze tenslotte geschilderd. Dus alles is in orde. De neef van meneer Haven-Mens krijgt vast niet zoveel geld voor parkeergarages en zeker niet voor deze oude pakhuizen die zullen instorten als ze er auto's in gaan zetten."

„Wat geschilderd?" riep meneer Uitewael-Rat die bijna achteroversloeg van schrik. „Wie bent u eigenlijk?"

„Ik ben Issie. Zie je dat dan niet?" Ze sloeg wat koffiedik van haar vacht. „Let jij op het geld van Martinus? Ik moet ervandoor."

„Waar heb je het over?" zei haar vader streng. „Wat klets je nou? De rattehuur is geen grapje, het is dodelijke ernst. Het inzamelen is niet..."

„Maar het is geen grapje, papa."

„Issie? Ben jij dat echt? Wat is dit?"

„Geld. Maak maar open dan zul je het zien."

117

Omdat hij niet beters wist te doen gehoorzaamde meneer Uitewael-Rat haar. Zijn ogen werden bijna zo groot als stuivers bij het zien van de stapel biljetten van duizend dollar.

„We hebben de schelpen verkocht die jij weg wilde gooien," legde Isabel uit. „De schelpen die Martinus meebracht. Die hij met zijn eigen poten had beschilderd." Ze wilde om het woordenboek heenlopen om haar vader te omhelzen, maar ze herinnerde zich hoe ze stonk dus wierp ze hem maar alleen een kushand toe. „Dag, pap. Ik kom zo gauw mogelijk terug."

Ze draaide de verbijsterde rat haar staart toe en rende de gang in. Haar moeder was kennelijk weer bijgekomen. Ze stond bij het hamblik en liet het vollopen met water.

„Jij bent het heus, Issie. Ik herken je stem," zei mevrouw Uitewael-Rat beverig. „Ik laat net even een schuimbad voor je vollopen."

„Bedankt, lieve mammie," zei Isabel terwijl ze zich langs het mollige figuurtje heendrong. „Maar ik heb nu geen tijd voor een bad."

„Eet dan tenminste iets," jammerde haar moeder. „Er ligt wat verse geitekaas in de keuken."

„Geen tijd, moeder," riep Isabel achterom bij de voor-kier. „Ik moet Martinus Mal-Rat vinden om hem over zijn schelpen te vertellen."

Maar Martinus Mal-Rat wist al alles af van de verkoop van zijn schelpen. Hij had dat allemaal en nog veel meer, van Brammert Pak-Rat gehoord onderweg van het reservoir in het park naar de galerie van meneer Hamel-Mens. De tocht ging erg langzaam. Steeds wanneer Brammert iets zag glinsteren moest hij erheen om het te bekijken, of het nu een gescheurd snoeppapiertje was of een punaise die het riool was ingespoeld. Hij had al een paar dingen gevonden voor in de oude papieren zak die hij als pak gebruikte. Zoals een veiligheidsspeld, een roestig nagelschaartje en een knoop van het Natuurkundig Museum met een dinosaurus erop. En wanneer hij zijn neus niet ergens instak, vertelde hij zijn griezelverhaal over het groene gas en de machinegeweren en handgranaten die tegen hem waren gebruikt door de mensen — wanneer deze hebberige, valse wezens genoeg hadden van bezems, knuppels en zwepen. Toen ze eindelijk bij het afvoerputje in de kelder van de galerie kwamen had Martinus nog minder zin mensen te ontmoeten dan daarnet in het zonnige park.

Toch dwong Martinus de pakrat vlug de steile keldertrap op. Tenslotte had oom Manus zijn leven gewaagd om ervoor te zorgen dat hij, Martinus, zich niet voor zijn naam zou schamen. Boven keken ze onder de deur door de hal in. Brammert floot zachtjes. „Zei ik het niet?" zei hij schor. „Moet je die wapens zien! En moet je zien hoe sterk die hebberige mensen zijn!"

Twee werklui met stoffige overalls aan waren de muur aan de overkant van de hal aan het openbreken met breek-ijzers. Het was een angstaanjagend gezicht. Martinus had nog nooit zoveel vernietigingskracht van dichtbij gezien. Hij dook in elkaar met zijn neus net ver genoeg naar bui-ten om het te kunnen zien. Hij werd nog zenuwachtiger door het gebibber van Brammert die naast hem zat. Even later kwamen drie andere mannen met nette pakken aan de hal inlopen. Hun voetstappen dreunden zo luid op de

houten vloer dat Martinus zijn poten pas van zijn oren afhaalde toen ze stilstonden bij de werklui.

„Dat daar is Hamel-Mens, maar die andere twee horen bij de moordenaarsbende," legde Brammert uit met zijn schorre fluisterstem.

„Ik kan nog steeds niet geloven dat dit allemaal echt is gebeurd," zei de man die Brammert had aangewezen als Hamel-Mens met een verrassend prettige stem. „Het is gewoon misdadig – een schending van vertrouwen."

Maar we konden toch niet werkloos toezien hoe een rat op de loop ging met honderdduizend dollar?" vroeg een hardere stem. „Ik wed dat het hier in de muur zit, meneer. Dat moet haast wel. Het zat niet in dit rottige lucifersdoosje."

„O... o," fluisterde Brammert. „Ze hebben de lucifersdoos."

En ja hoor, Martinus herkende de lucifersdoos die de man opgooide en opving als de doos die altijd aan het voeteneinde van zijn bed had gestaan.

„Maar ik had hem dat geld in goed vertrouwen gegeven," protesteerde de zachtere mensenstem, die nu veel minder zacht klonk. „Het is mij een raadsel hoe jullie het in je hoofd konden halen hem te vermoorden. Tenzij jullie er schoon genoeg van hadden voor mij te werken."

„Maar meneer Hamel, het was maar een rát!" pleitte één van hen.

„En trouwens," pleitte de ander. „Wie zegt dat wij hem hebben vermoord?"

„Hem een luchtkoker van de air-conditioning injagen en die daarna op zijn hoogste stand zetten! Natuurlijk is hij dood – stijfbevroren is hij!"

„Stijfbevroren," fluisterde Martinus rillend.

„Zodra we hier klaar zijn meneer," zei de harde stem, „zullen we de mannen naar boven sturen om de luchtkoker open te breken, zodat we hem behoorlijk kunnen begraven. Goed?"

„Wat is een luchtkoker?" vroeg Martinus.

„Weet ik veel," zei Brammert.

„Hoe kun je boven komen?"

„Die kant op," antwoordde Brammert en wees naar links. „Maar we kunnen beter..."

Martinus hoorde het al niet meer. Hij schoot onder de deur uit. Linksaf betekende dat hij tussen twee van de torenhoge benen in gestreepte broeken door moest, maar net op dat moment begonnen de werklui weer op de muur te hameren dus zagen de eigenaren van de benen en de andere mannen Martinus niet. Aan het einde van de hal stond Martinus aan de voet van nog een steile trap. Maar op deze trap lag een loper waar zijn nagels goed houvast konden vinden, dus was hij zo boven. Daar bleef hij ineengedoken zitten en tuurde behoedzaam een gang in. Wat zou een luchtkoker zijn, vroeg hij zich af. Hij zat zo in gedachten verdiept dat hij niet de gedempte voetstappen achter zich de trap op hoorde komen. Plotseling schoot een ondragelijke pijn door hem heen. Hij had per ongeluk zijn staart uit laten steken en daar had een mensenschoen op getrapt. Als er geen kleed had gelegen zou zijn prachtige staart vast voorgoed zijn geplet. Maar op de een of andere manier wist hij een gil te onderdrukken en de mens liep door zonder iets te merken.

De mens was de man die Brammert Hamel-Mens had genoemd. Toen hij een deuropening binnenging hoorde Martinus een gekef dat hij herkende uit het park. Hij zwaaide even zijn pijnlijke staart heen en weer om te zien

of hij het nog deed, daarna rende hij door de gang naar de
deuropening.

„Neemt u mij niet kwalijk dat ik u zo liet wachten,
mevrouw Plompeblad,” zei meneer Hamel-Mens in het
kantoor. „We hadden een kleine noodsituatie.”

„Een noodsituatie!” riep de dame die op een roodfluwe-
len bank zat en deze helemaal opvulde. „Wat voor noodsituatie?”

Meneer Hamel-Mens kuchte. „Nou... eh, het had te

maken met de kunstenaar die uw pinkring heeft gemaakt, mevrouw. En ik heb twee van mijn mensen moeten ontslaan.''

Op zijn tochten door het park was Martinus allerlei soorten mensen tegengekomen maar voor zover hij het zich kon herinneren niet één van de omvang van mevrouw Plompeblad. Ook had hij nooit een mens gezien die zo glinsterde. Er zaten zoveel fonkelende ringen aan haar mollige vingers, zoveel rinkelende armbanden aan haar plompe polsen, zoveel schitterende diamanten op haar broche, oorringen en tiara, er zat zo'n oogverblindende massa goud in haar halsketting, dat Martinus met zijn ogen knipperde.

,,Ik heb u vanmiddag een paar heel bijzondere kunstwerkjes te laten zien, mevrouw Plompeblad,'' ging meneer Hamel-Mens verder. Hij liep naar de grote brandkast in de muur. ,,Het zijn schelpen die op werkelijk geraffineerde wijze zijn beschilderd. Een volmaakte aanvulling op uw cameeën collectie.''

,,Nee maar!'' zei mevrouw Plompeblad. Ze knikte zo enthousiast met haar hoofd dat de ketting verdween in de plooi van haar onderkinnen. ,,Kan ik van één daarvan een broche laten maken?''

Martinus stond ervan te kijken dat de dingen die hij met zijn eigen poten had beschilderd zo'n degelijke bescherming nodig hadden als die brandkast — en hij was erg gevleid ze 'geraffineerd' te horen noemen. Maar hoe prettig het ook was deze mevrouw Plompeblad-Mens zo over zijn werk te horen zwijmelen, hij had geen tijd te verliezen. Mevrouw Plompeblad-Mens besloeg bijna de hele bank, maar weggedrukt in een klein hoekje zat een pekinees met een met kristallen ingelegde halsband om. Martinus had deze domme ijdele hondjes al vaak in het park gezien, maar dit was de eerste keer dat hij er een aansprak.

„Hallo, weet u misschien wat een luchtkoker van de air-conditioning is?" vroeg Martinus zo zacht mogelijk. Hij wist dat honden prima oren hebben.

„Ja natuurlijk," antwoordde de hond giechelend. „Wij hebben thuis ook air-conditioning."

„Hoe zien ze eruit die luchtkokers?"

„Dat wil ik je wel vertellen maar op één voorwaarde, beste rat – hi, hi."

„Welke voorwaarde?" vroeg Martinus die niet bepaald in stemming was voor grapjes.

„Dat jij je snuit terugtrekt in de schaduw van de deur. Als zij je ziet springt ze een meter de lucht in en drie keer raden op wie ze dan neerkomt!"

Dat leekt een redelijk verzoek dus trok Martinus zijn snuit terug. Meteen beantwoordde de hond zijn vraag.

„Luchtkokers zijn gaten in de muur met een soort hekwerkje ervoor. Maar waarom wil je dat weten, beste rat? Heb je het warm? Je moet ook niet zo rondrennen in die hitte. Dat is slecht voor je bloedvaten, weet je, en het maakt je vacht helemaal dof, om nog maar te zwijgen..."

Maar Martinus zag geen gaten met hekwerkjes ervoor in die kamer en was dus alweer weggerend. Verderop in de gang waren ook geen gaten met hekwerkjes dus rende hij terug in de richting waaruit hij gekomen was. Bovenaan de trap zat precies zo'n gat als de pekinees had beschreven. Een met bloemen versierd hekwerkje, precies goed voor een kunstgalerie, met een gat in het midden in de vorm van een roos dat net groot genoeg was om erdoor te kunnen. De onderste rand van het hekwerkje zat een centimeter of twintig boven de grond en hij moest daarom een aanloop

nemen om erop te komen. Bij zijn tweede poging haalde hij het gat en klom er door. Hij kwam neer op de bodem van een koude metalen buis. Een klein eindje verderop lag een haveloze rat op zijn zij.

„O, oom Manus! Niet dood zijn alstublieft!" riep Martinus al wist hij heel goed dat ratten niet zo vaak op hun zij slapen. „Wordt alstublieft wakker!"

De ogen van zijn oom gingen niet open. De voddige vacht voelde ijskoud aan. Martinus gaf een ruk aan zijn staart – waar net zo'n ring aanzat als die van tante Elisabet, zag hij. Toen er geen reactie kwam wierp Martinus zich bovenop de rat en omhelsde hem met alle vier poten. Hij blies warme adem over zijn ooms verbleekte snuit. Weer niets – geen snorhaar trilde. Wat verschrikkelijk dat hij wel zijn naam met zijn oom kon delen maar niet zijn lichaamswarmte! Plotseling herinnerde hij zich iets uit Brammerts griezelverhaal over hun avonturen van gisteren. Hij wrong zich weer door het roosgat heen, liet zich op de vloer vallen en racete de trap met de loper af. Behoedzaam kroop hij langs de plint van de benedengang en keek onder een deur door vlak bij de plaats waar de mannen bezig waren. In die schemerige kamer, ook een kantoor, zat een hol in de plint dat best eens het goede zou kunnen zijn. Hij perste zich onder de deur door en schoot op het hol af. Vlak bij de ingang van het hol lagen vier oogdruppelflesjes. Hij sloeg zijn pijnlijke staart om het volste van de vier en droeg het mee naar boven.

Toen hij de luchtkoker weer was ingeklauterd schroefde Martinus de druppelaar los, drukte het uiteinde tussen de lippen van zijn oom en spoot wat paardebloemenwijn naar binnen. Zijn oom sputterde. Zijn oogleden trilden. Martinus vulde de druppelaar opnieuw en spoot nog een snuitvol naar binnen.

„Br-r-r-r." Oom Manus knipperde met zijn ogen. „Waar ben ik geweest, de nachtzijde van de maan?"

O, oom Manus! De hemel zij dank!" Martinus omhelsde hem. „Kom mee, we moeten maken dat we hier wegkomen voor ze het hekwerk eraf rukken. Ze bedoelen het misschien niet kwaad, maar ik krijg ijskoude rillingen van ze."

Zijn oom probeerde op te staan, maar rolde op zijn zij.

„Het is raar," zei hij. „Mijn gewrichten doen het niet."

„Ze hebben je bevroren," legde Martinus uit. „We moeten je naar buiten brengen in de zon."

„Met gouden glans breekt de middag aan," mompelde zijn oom wazig. „Maar zilver is sprekender zingt de maan."

Martinus duwde zijn oom naar het hekwerk. Hij glipte zelf door het gat naar buiten en trok daarna zijn oom er door. Samen vielen ze op het kleed.

„Gaat het?" vroeg Martinus.

„Ik geloof van wel," antwoordde zijn oom. „Ik voel niets. Helemaal gevoelloos."

Martinus ging plat op de grond liggen en commandeerde zijn oom de vacht op zijn rug stevig vast te pakken. Oom Manus was geen gemakkelijke last, vooral niet op de trap. Maar de werklui beneden hadden het veel te druk met het openbreken van de muur om de beide ratten te zien. Aangekomen bij de kelderdeur schoof Martinus zijn oom eronderdoor en kroop er daarna zelf achteraan.

„Uwe genade!" riep Brammert die nog steeds zat te bibberen onder zijn papieren zak. „U leeft nog!"

Tot ontzetting van de pakrat gooide Martinus al zijn schatten zomaar uit de papieren zak. Maar toen hij de zak

als een soort slaapzak om zijn oom heen trok voor de warmte aanvaardde hij zijn verlies met een diepe zucht. Hij hielp zelfs mee de halfbevroren rat de gevaarlijke houten treden af te sjorren. Toen ze beneden waren droegen ze oom Manus langs een merkwaardig spoor van koffiedik naar het veilige afvoerputje.

De ondergrondse tocht van de galerie terug naar Central Park duurde zelfs nog langer dan de heenreis. Het was zwaar werk de halfbevroren rat door de pijpen en riolen te sjouwen. Om de paar stappen moesten Martinus en Brammert hun vracht neerzetten om op adem te komen.

De kleine stroken zonlicht die nu en dan door de roosters vielen veranderden naarmate hun tocht vorderde in de vreemde blauwachtige gloed van straatlantaarns. Toen ze tegen middernacht net onder zo'n rooster doorliepen liet Brammert plotseling met een gil oom Manus' achterpoten vallen en vluchtte weg. Een grote klauw met scherpe nagels had van boven af naar hen geslagen. Op het rooster zag Martinus een broodmagere kater zitten.

,,Geef 'm aan mij-i-auw!'' snauwde hij met ontblote tanden. ,,Ik heb honger!''

,,Ikke, ikke, ikke. Dat is het enige waar al die katten aan denken,'' mompelde Martinus. Hij besefte ineens dat hij zelf ook erge honger had. ,,Kom terug, Bram! Hij kan er heus niet bij!''

,,Ach, laat hem toch,'' stelde oom Manus voor. ,,Ga jij ook maar. Ik lig hier prima. Het maakt niet uit waar ik ben.''

Maar Martinus raakte steeds meer gehecht aan zijn oom en toen hij hem neerlegde en wegrende, was dat alleen maar om Brammert terug te sleuren. Even later droegen ze oom Manus onder het rooster uit.

„U dacht toch niet echt dat ik u zomaar in de steek zou laten, oom Manus?" vroeg Martinus bij hun volgende rustpauze.

Oom Manus zuchtte. Hij begon te beseffen dat hij nooit meer ringen zou graveren, want al waren de onderaardse pijpen vrij warm, zijn gewrichten bleven even stijf als tevoren.

„Het beste wat ik ooit had gemaakt. Dat zei Hamel-Mens over jouw schelpen, Martinus. Hij is nog niet zo kwaad, Hamel, voor een mens. Ik hoop dat jij op een dag zelf zaken met hem zult doen. Je kunt wat je van Hamel-Mens krijgt aan de jonge Haven-Mens geven — om de ratheid te redden. Als ik er niet meer ben kan Bram hier misschien..."

„Als u er niet meer bent!" riep Martinus. „Maar het komt heus wel weer in orde met u — het enige dat u nodig hebt is rust en zonneschijn! Niet de moed verliezen, oom Manus. Tegen de ochtend bent u in het park."

„Maar je ouders zullen doodongerust zijn. Waarom laat je Bram en mij hier niet achter en ga je gauw naar huis om ze te laten weten dat er niets ergs met je is gebeurd."

Martinus snoof. „Ze geven geen steek om mij," verklaarde hij. „Mijn vader maakt alleen maar kastelen en mijn moeder hoeden. Híj zegt me niet eens goedendag — en de enige reden dat zíj weet dat ik besta is dat ik haar voorraden bezorg." Hij aaide over de slordige rattekop van oom Manus. „Van nu af aan bent u mijn familie, goed?"

„Je onderschat je ouders vast, Mart. Dat doen jonge ratten wel vaker. En je overschat mij waarschijnlijk," zei oom Manus. „Kijk eens naar die poten. Ik kan niet eens meer ringen graveren."

„Maar u hebt uw leven gewaagd voor mij! Niemand

heeft ooit eerder iets voor mij gewaagd.''

„Dat weet ik nog zo net niet. En die knappe jonge vrouwtjesrat dan, die Totebel-Rat of zoiets.''

„Ach, dat was alleen om haar pakhuis te redden,'' vertelde Martinus.

„Hmm. Denk je?''

„Ja natuurlijk. Klaar, Bram?''

„Nou, als het moet,'' zei Brammert kreunend en hij tilde de andere kant op.

Toen de zon opkwam bereikten ze eindelijk de laurierstruik naast het reservoir. Martinus en Brammert lieten zich meteen neervallen op de bladeren onder de struik. Terwijl zij hun broodnodige ratteslaapjes deden staarde oom Manus over het rimpelende water naar de bleke zilveren schijf van de maan die aan de zuidelijke hemel stond. Het water deed hem denken aan zijn geliefde Elisabet die vast weer op weg was naar een of ander exotisch eiland. Het jonge rattemeisje dat hem had overgehaald met de schelpen naar meneer Hamel-Mens te gaan, had hem ook aan haar doen denken, tenminste aan hoe zij er vroeger had uitgezien. Hoe heette ze alweer? Ulevel-Rat? Huilebil-Rat? Irritant dat hij daar niet op kon komen. „Ik denk dat ik echt oud word,'' zei hij tegen zichzelf. „Steeds ouder en kouder. Ouder en kouder. Hmm, daar zat misschien een liedje in.''

Had hij het maar hardop gezegd. Want heel toevallig stond op dat moment Isabel, die zijn geheugen met plezier had opgefrist, nog geen vijfentwintig meter van hem af onder een bessestruik te porren aan de andere kant van het ruiterpad. Maar aan deze laurierstruik zaten geen bessen en gezien Martinus' uitpuilende wangen bij hun eerste ontmoeting beperkte Isabel zich bij haar speurtocht tot

bessestruiken. Ze was de hele nacht al bezig. ze was in delen van het park geweest die haar ijskoude rillingen bezorgden. Ze had geen moment meer gerust sinds de vuilnisbak en ze zag scheel van uitputting.

Toch jammer dat wij nooit jongen hebben gekregen, dacht oom Manus, terwijl hij de maan zag verbleken in het heldere zonlicht. Nu de zon steeds sterker werd wendde hij zijn ogen naar de schaduw waar zijn neef lag te slapen. Eindelijk had hij de kans zijn naamgenoot te leren kennen. Het was niet precies even opwindend als het graveren van een ring maar het was erg prettig.

Tegen de middag toen de zon op zijn heetst was werden Martinus en Brammert wakker. Brammert mopperde en trok een stuk blad uit zijn oor. Martinus vroeg aan zijn oom hoe hij zich voelde.

„Al scheen Liesje te denken dat ik gek was," zei oom Manus, „toch heb ik de ene plaats altijd net hetzelfde gevonden als de andere. Maar ik moet toegeven dat dit een prachtige plek is, mooi uitzicht en zo."

„Kunt u uw poten bewegen?"

„Hmm. Nog niet. Het is anders wel heet."

„Ik weet wat u nodig hebt: eten!" riep Martinus uit en trok de papieren zak van zijn oom af. „Ik zal wat gaan zoeken! Ik heb zelf ook een beetje honger."

„Eten," zei oom Manus onverschillig. „Bram, ouwe jongen. Zou jij niet even langs de paardebloemweide kunnen gaan?"

„Geen geld, uwe genade," antwoordde Brammert. „We zijn blut, platzak. En ze geven nooit wijn op de pof."

„Je vergeet de zevenveertig cent," zei Martinus levendig.

„O ja," mompelde Brammert op een manier dat Martinus zich afvroeg of de pakrat het begraven geld wel echt

136

had vergeten. „Dat kan ik misschien wel gebruiken.''

„Ik zal voor eten zorgen terwijl jij de wijn haalt,'' stelde Martinus voor. „Oom Manus, blijft u maar lekker in de zon liggen.''

Martinus liep achter Brammert aan naar de struik ernaast en zag hoe hij de munten opgroef en in zijn papieren zak deed.

„Het bevalt me niets.'' mopperde de pakrat en hij gooide de zak over zijn schouder. „Hij heeft nog niet één liedje gezongen. Niets voor hem. Operattig, dat is hij. Aan een stuk door aan het zingen.''

„We moeten opschieten!'' zei Martinus. „Over een kwartier zie ik je hier terug. Ik weet zeker dat we hem er wel weer bovenop krijgen.''

Met die woorden draafde Martinus over het bruggetje naar de overkant van het ruiterpad langs dezelfde bessestruik waar Isabel die morgen was geweest. Vandaar ging hij uit gewoonte rechtstreeks – of liever via allerlei kronkelweggetjes – naar de beste besse- en braamstruiken rondom het grote grasveld. Zou zijn oom Manus wel van bessen houden? vroeg hij zich af. Martinus was er zelf niet erg dol op, maar hij had geweldige honger. Hij schudde aan een struik. Een mooie, rijpe braam kwam neer bij zijn achterpoten. Net toen hij hem op wilde rapen klonk een koerende stem achter hem.

„Martinus Mal-Rat toevallig?''

Hij draaide zich met een ruk om. Daar stond een vrouwtjesduif met verdraaide kop en staarde hem met één oog aan.

„Hoe weet u mijn naam?'' vroeg Martinus.

„Heb ik geraden. Ik hoorde dat je van bessen en bramen houdt. Blijf hier wachten.''

137

De duif maakte een sprongetje, spreidde haar vleugels uit en vloog op tussen twee braamstruiken. Martinus bleef als door de bliksem getroffen staan. Nog maar een paar dagen geleden kende niet één rat hem buiten zijn naaste familie. En nu wist een wildvreemde duif zijn naam! Een minuut lang bleef hij roerloos zitten peinzen over dit raadsel. Maar al gauw herinnerde hij zich waar hij mee bezig was. Nee, zelf zou hij er geen hap van nemen. Eerst zou hij bessen voor oom Manus verzamelen. Bijna vrolijk schudde hij aan een andere struik. Wat een geluk de naam te dragen van zo'n fantastische rat! Zijn verlopen uiterlijk en dronken liederen maakten hem alleen nog maar interessanter. Au! Maar Martinus trok zich niets aan van de doorns op de lage braamtakken terwijl hij van de ene struik naar de andere rende. Toen zijn linkerwang vol was begon hij vlug aan de rechter. Ineens herinnerde hij zich dat hij zijn oom nog steeds zijn excuses niet had aangeboden voor de ontmoeting in de pijp na de Grote Ratten Raad. De herinnering dat hij oom Manus toen de rug had toegedraaid deed meer pijn dan de doorns. Hij kon haast niet wachten terug te rennen en zijn oom te omhelzen en om excuus te vragen.

Hij propte nog gauw een laatste braam in zijn wang.

Plotseling hoorde hij een nieuw geluid, een geritsel in het struikgewas. Drie jonge kaderatten staken hun hoofden boven het hoge gras uit.

„Mal-Rat?" vroegen ze.

O nee toch, dacht Martinus overspoeld door zijn oude verlegenheid. Jonge kaderatten die eropuit waren om de draak te steken met zijn naam en zijn uitpuilende wangen. Toen hij nog een stuk of zes boven het gras uit zag kijken draaide Martinus zich om en sloeg op de vlucht.

Zijn vluchtroute liep langs de rand van het grote grasveld. In plaats van muren open te breken waren de mensen hier bezig met een stuk hout tegen een bal te slaan. Martinus rende naar de overkant van het grasveld waar gelukkig niemand was, om met een omtrekkende beweging terug te gaan naar het reservoir. Was er echt wel niemand? Hij moest duizelig zijn van de honger want ineens verschenen hele zwermen zwarte vlekjes voor zijn ogen. Hij knipperde met zijn ogen. De vlekjes verdwenen niet. Ze leken steeds minder op vlekken en steeds meer op ratten. Het waren echt ratten – ratten die met hele horden uitzwermden over het grote grasveld! Wat deden al die ratten in vredesnaam in het park, en nog wel op zaterdag? Martinus keek over zijn schouder. Nog meer ratten – honderden en honderden! En ze schenen allemaal op hém af te komen! Wat had hij in hemelsnaam gedaan? Hij beefde en krijste het uit waarbij hij de vruchten in zijn wangzakken tot pulp vermaalde.

De zwermen sloten hem in van het noorden en het zuiden. Welke kant kon hij nog op om te ontsnappen? In een eik aan de rand van het grasveld zag hij een eekhoornhol, dat ongeveer net zo hoog in de boom zat als de luchtkoker in de muur van de galerie. Hij rende erheen zo hard hij maar kon en klauterde nog net op tijd langs het schors omhoog voor de nachtmerrieachtige menigte hem bereikte.

De eekhoorns waren gelukkig niet thuis. Misschien waren ze noten aan het verzamelen. Hij had nooit veel opgehad met eekhoorns vanwege hun opschepperige staarten. Maar het schenen in ieder geval wel nette dieren te zijn met kartonnen bekertjes bij wijze van afvalemmers. Hij spuugde de vruchtenpulp in een van de bekertjes.

De haren van zijn vacht stonden nu recht overeind. Buiten het hol klonken massa's bloeddorstige stemmen die afschuwelijke spreekkoren aanhieven.

„Kom op!" krijste de menigte. „Martel die rat!"

Wat betekende dat in vredesnaam, 'martel die rat'? vroeg Martinus zich af. Ach, misschien was het maar beter dat hij dat niet wist. Ratten drongen het hol binnen. Martinus deinsde terug tegen de achtermuur van de kamer. Hij zat in de val als een miezerig muisje. Hij ontblootte zijn tanden in de hoop dat het bramesap op bloed zou lijken en hen af zou schrikken. Maar ze bleven gewoon doorlopen, recht op hem af. Dus deed hij zijn ogen dicht en bad dat het maar snel afgelopen mocht zijn.

Terwijl de schreeuwende ratten Martinus insloten had Brammert Pak-Rat zo zijn eigen problemen. Op hetzelfde moment dat Martinus op voedsel uittrok, ging Brammert op weg naar de paardebloemweide. Alleen had Brammert lang niet zoveel haast.

„Bij zonsopgang naar bed," mopperde hij. Hij hees de papieren zak met de zevenenveertig cent op zijn rug terwijl hij het ruiterpad overstak. „Die ouwe Mal-Rat zit er niet mee – hij stak geen poot uit, maar wij hebben de hele nacht met hem rondgesjouwd. En dat neefje van hem zit er ook niet mee – jonge ratten kunnen een hoop hebben. Maar ik ben de jongste niet meer."

Hoe verder Brammert van het reservoir verwijderd was hoe meer hij in de verleiding kwam ervandoor te gaan. Waarom zou hij al het geld dat hij op de wereld bezat, zijn de laatste zevenenveertig cent, verspillen aan sterke drank voor een verlopen ouwe rat met bevroren gewrichten? Eén ding was zeker: aan die ouwe Mal-Rat zou hij niets meer hebben. Dat was zo klaar als een klontje. Geen ringen meer, geen zaken meer. En waar gaf hij als rechtgeaarde pakrat anders om dan om zaken doen? Hij was de hele nacht in touw geweest en had alle spieren in zijn lijf verrekt om die ouwe ratzak door de riolen te sjouwen en wat kreeg hij ervoor? Er werd zelfs nog van hem gevraagd – of liever geëist – dat hij zijn spaarcentjes opofferde!

In plaats van naar het zuiden, naar de paardebloemweide waar de wijn vandaan kwam, ging Brammert naar het noorden. Een paar minuten later glipte hij het park uit. Hij schoot over de stoep en begon rond te scharrelen onder de auto's die langs de stoeprand stonden geparkeerd. Soms lieten mensen bij het uitstappen geld uit hun zak in de goot vallen. Hij had zelfs een keer een rood satijnen beursje gevonden met drie dubbeltjes, drie stuivers, zes centen een sleutel en een heel stel haarspelden. Hij had er nu spijt van dat hij het beursje met een andere pakrat had geruild voor een zeldzame stuiver met een Indianenhoofd erop. Rood satijn was niet bepaald zijn smaak maar het was een stuk beter geweest dan deze stomme oude papieren zak. Hij liet de zak van zijn rug glijden toen hij iets zag glimmen bij een achterband. Net toen hij bij zijn vondst aankwam voelde hij iets kleverigs op zijn vacht.

Brammert keek over zijn schouder. O ratverju! Een grote druppel zwarte olie was uit een krukas gevallen middenop zijn rug! Olie! Van alle smerige stoffen! Je kon het niet aflikken omdat het zo vies smaakte en je kon het niet afwrijven omdat je poten er zo kleverig van werden. Om het nog erger te maken bleek het glimmende ding het lipje van een bierblikje te zijn! Brammert rolde op zijn rug om te proberen de olie eraf te krijgen. Zelfs pakratten houden niet van vuil. Maar de straat was heet en stoffig en dus maakte hij het alleen maar erger.

Hij dacht aan het reservoir en hoe goed hij zich daar zou kunnen wassen. En ineens besefte hij dat deze zwarte oliedruppel een vingerwijzing was geweest, een teken van boven. Want heel eerlijk gezegd waren de zevenenveertig cent in de zak niet precies het enige geld dat hij op de wereld bezat. Door de jaren heen had ouwe Mal-Rat hem heel behoorlijk betaald en bovendien had hij altijd de helft ingepikt van de munten die Hamel-Mens voor de ringen

142

betaalde. En al die munten lagen her en der begraven op honderdvierenvijftig geheime plekjes in Central Park.

Het minste wat hij kon doen was wijn halen voor die arme oude ratzak. Hij hees de zak weer op zijn rug en draafde terug naar het park. Maar even later liep hij alweer wat langzamer. Ondanks het olieachtige teken van boven scheen het hard afstand te moeten doen van de zevenenveertig cent, net nu hij aan ze gewend was geraakt. Hij bleef staan bij een paardekastanjeboom en keek behoedzaam om zich heen. Er hingen soms kwaadaardige ratten rond in dit deel van het park. Maar er was geen levende ziel te bekennen, nog geen sprinkhaan, dus begon Brammert tussen de wortels van de boom te graven. Hij haalde zeventien cent te voorschijn die hier de vorige herfst had begraven. Plus drie centen uit de zak werd het twintig cent, een mooi rond getal, veel makkelijker te onthouden. Hij begroef alles weer, harkte de aarde eroverheen met zijn nagels en liep naar een rotsblok in de buurt. Van een spleet in de rots liep hij een afstand van driemaal zijn lichaamslengte in oostelijke richting en groef twee doffe kwartjes op. Het kostte hem de grootste moeite het kwartje uit de zak er niet bij te doen want het idee van drie geheime kwartjes naast elkaar onder de grond was bijna onweerstaanbaar. Maar hij voegde er toch alleen een stuiver aan toe.

Brammert legde nog een paar van zulke bezoekjes af om zijn moreel wat op te vijzelen en tegen de tijd dat hij bij de paardebloemweide aankwam waren van de zevenenveertig cent nog maar eenendertig cent over: een kwartje, een stuiver en een cent. Het was een ondernemende familie veldmuizen die de wijn maakte, van paardebloemen. Deze ijverige diertjes gaven niets om geld. Zij deden het omdat

143

ze het leuk vonden en omdat ze 's avonds graag een glaasje dronken. Maar jammer genoeg had een keiharde zakenrat – toevallig een van Brammerts achterneven – hen onder zijn hoede genomen. Hij leverde de oogdruppelflesjes die de muizen graag hadden, en bracht hun wijn aan de man. Hoe sluw zijn achterneef ook was, Brammert slaagde erin hem ervan te overtuigen dat hij maar zesentwintig cent op zak had, en hield zo dus een stuiver over voor zichzelf.

De arme Martinus had geen cent. Weggedoken in het eekhoornhol aan de rand van de grote grasveld had hij de bloeddorstige massa niets anders te bieden dan zijn leven. Toen ze om hem heen dromden sloeg hij zijn poten voor zijn ogen.

Maar in plaats van hem ter plaatse in stukken te scheuren tilden de ratten hem op en droegen hem naar de ingang van het hol. Zodat iedereen het zou kunnen zien? vroeg Martinus zich af. Hij deed zijn ogen een klein eindje open. In de verte zag hij mensen wegrennen zo hard hun twee benen hen konden dragen. Op de voorgrond strekte een reusachtige grijze zee van ratten zich uit over de helft van het grote grasveld. Ratten in alle soorten en maten, zelfs nog meer dan bij de Grote Ratten Raad. Toen ze hem zagen ging er een geweldig gejuich op, zo klonk het tenminste. Meteen hieven ze weer spreekkoren aan. Vanuit de ingang van het eekhoornhol kon Martinus het beter verstaan. Het was niet 'Martel die rat'. Ze schreeuwden gewoon „Martinus Mal-Rat!" telkens weer opnieuw. Martinus sperde zijn ogen wijd open. De duizenden ratten waren helemaal niet van plan hem in stukken te scheuren. Ze lachten hem zelfs niet uit. Ze krijsten en zwaaiden uit bewondering en lieten zijn naam weergalmen door het park.

Maar al was het een grote opluchting te weten dat hij niet doodging toch was Martinus veel te verlegen om meteen volop te genieten van al die aandacht. Hij schudde zijn

145

hoofd om ze stil te krijgen, maar dit moedigde ze juist aan. Ze hielden het voor een antwoord en schreeuwden dus nog harder. Martinus wendde zich tot de rat naast hem. Hij boog zijn snuit tot vlakbij zijn oor en vroeg zo hard hij maar kon wat dit allemaal te betekenen had. „Hoe kennen jullie mijn naam?" riep hij.

„Iedereen heeft naar je gezocht!" riep de andere rat verrukt terug. „Duiven hielpen mee, en muizen ook. Alle strooptochten zijn opgeschort tot we je hadden gevonden. Hoera!"

„Hoera voor Martinus Mal-Rat, redder der ratheid!" antwoordde de menigte.

„Redder der ratheid?" echode Matinus. „Waar hebben ze het over?"

„Het geld voor de schelpen!" gilde een rat. „De jonge meneer Haven-Mens heeft het gisteren gevonden bij de gewone hoeveelheid munten en al het vergiftigen is meteen gestaakt. We kunnen onze woningen behouden! Hoera!"

„Hoera voor Martinus," herhaalde de menigte.

Al die duizenden ratten zwaaiden met hun poten naar hem alsof hij hun oudste en dierbaarste vriend was. Martinus verloor wat van zijn verlegenheid. Het was net als in zijn droom, alleen stukken beter! Hij tilde voorzichtig een poot op en zwaaide minzaam terug. De menigte brulde het uit. Martinus glimlachte. De menigte werd wild. Iedereen krijste en sprong op en neer. Hij probeerde het nu met lachen en zwaaien tegelijk. De menigte werd stapelgek. Het was een heksenketel.

De huldiging had de hele middag kunnen doorgaan als niet een drietal weldoorvoede ratten van middelbare leeftijd de boom was ingeklauterd om zich bij Martinus te voegen in de ingang van het eekhoornhol. Het waren poli-

tieke ratten, die menigten goed konden bespelen en met grote gebaren wisten zij de orde enigszins te herstellen. Alle drie wilden ze graag vlak naast Martinus staan en de ingang van het hol was maar wijd genoeg voor één rat aan elke kant dus werd de dikste van de drie eruit geperst. Hij tuimelde halsoverkop terug in de menigte.

„Martinus de superrat!" bulderde een van de overgebleven politici met de hardste stem.

Op deze uitroep volgde een donderend applaus. Martinus begon weer te lachen en te zwaaien. Hij merkte dat als hij de jonge vrouwtjesratten onderaan de boom toelachte hij ze kon laten flauwvallen. Bij de volgende ovatie liet hij er wel meer dan een dozijn in zwijm vallen.

Toen het gejuich afnam, week de menigte uiteen voor

een rat met een in folie gewikkeld pakje. Deze nieuwe rat werd naar boven geholpen en de anderen gingen eerbiedig voor hem opzij.

„Mederatten!" krijste niemand minder dan meneer Hugo Uitewael-Rat en legde een poot op Martinus' schouder. „Mijn beste ratgenoten! Met behulp van mijn dochter, die helaas vanmorgen van pure uitputting is ingestort na een hele nacht zoeken naar onze vriend hier... Ik bedoel, door informatie afkomstig van mijn eigen geliefde kind dat ongelukkigerwijs op dit moment bewusteloos thuis ligt, hebben wij onze jonge redder gevonden bij de bessestruiken van dit grote groene park!" Luide toejuichingen. „Wat opwindend voor mij," meneer Uitewael-Rats schrille stem klonk boven het gejuich uit. „Wat een eer hier te mogen staan naast een heuse, ware kunstenaar! Want het was dankzij de kunstwerken van deze jonge rat, schilderingen van een zeldzaam hoog niveau, zo adembenemend van schoonheid dat iedereen die deze zag er zonder uitzondering wel diep ontroerd door moest raken... door middel van deze onmiskenbare meesterwerken van hem, dat dit toonbeeld van onze rattejeugd onze kaden en pakhuizen heeft gered!" Ovatie. „Hoe kunnen wij onze redder eren?" krijste meneer Uitewael-Rat verder. Hij klopte Martinus enthousiast op de schouder. „Met welke eerbewijzen kunnen wij dit authentieke genie overladen? Helaas beschouwen mensen een samenscholing van zoveel ratten als tegen de wet. Om de een of andere reden zien zij ons niet graag in grotere getale bijeen. Daarom zou ik willen voorstellen deze bijeenkomst te verplaatsen naar het pakhuis op kade 62 om aldaar Martinus de grote meesterschilder te bedelven onder onze officiële dankbetuigingen!"

„Hoera!" schreeuwde de menigte. „Hoera voor Martinus de grote meesterschilder!"

'Kade 62!' dacht Martinus verrukt. Misschien zou Isabel wel weer bij haar positieven komen wanneer ze daar met zijn allen aankwamen en zou ze hem weer een zoen op zijn snuit geven, net als de eerste keer dat ze elkaar hadden ontmoet! Ter voorbereiding veegde hij met een poot het bramesap van zijn snuit af. Daarna stak hij een poot in de lucht en wuifde nog eens, waarmee hij de menigte uitzinnig van opwinding maakte en nog meer geschreeuw van 'Martinus de superrat!' veroorzaakte.

Toen Brammert eindelijk de laurierstruik bij het reservoir bereikte was hij een beetje verbaasd te zien dat hij nog eerder terug was dan het neefje. Oude Mal-Rat zag er niet al te best uit maar hij knapte wat op van de wijn. Brammert gaf hem een paar slokken en klauterde daarna de rotsige oever van het reservoir af om de olie van zijn rug af te wassen. Vervolgens schudde hij zich droog, klom weer naar boven en gaf zijn oude makker nog een slok wijn waarbij hij beleefd informeerde of het een goed jaar was.

„Tip top, Bram," antwoordde oom Manus die zijn best deed opgewekt te klinken. „Heel aardig van je het voor me te halen. Eerlijk gezegd had ik nooit gedacht je nog terug te zien."

„Wat?!" Brammerts stem sloeg over van verontwaardiging. „Dacht u dat ik u zomaar in de steek zou laten?"

„Nou, ik dacht dat je onderhand wel genoeg van me zou hebben. Dat riool onder de dierentuin is tenslotte nogal dampig en jij hebt daar al die jaren moeten lijden onder mijn gezang enzovoorts enzovoorts."

„Maar ik houd juist van uw liedjes, ik heb zelf zo'n krakerige, schorre pakratstem," verzekerde Brammert hem. „Waarom zingt u er nu niet eentje?"

„Sorry, Bram. Maar ik ben bang dat dat een beetje boven mijn krachten gaat. Maar..."

„Wat, uwe genade?"

„Ach, ik vind het vervelend om het te vragen, Bram, na

alles wat je de laatste paar dagen voor me hebt gedaan. Maar ik vroeg me af of je nog een kleinigheid voor me zou willen doen.''

,,U zegt het maar,'' zei Brammert blij dat hij eindelijk een keer gewaardeerd werd.

,,Ga mijn neef Mart halen. Ik wil hem iets geven.''

,,Maar hij kan elk ogenblik terugkomen. Ik was al verbaasd dat hij nog niet terug is. Hij ging alleen maar wat eten zoeken.''

,,Dat weet ik wel, Bram. Maar eerlijk gezegd, heb ik niet veel honger, en dacht ik dat je hem misschien wat op kon jutten.''

,,Komt voor mekaar. Nog een slokje voor ik wegga?''

,,Graag, Bram, ouwe makker.''

De wijn verwarmde hem van binnen en toen Bram wegsloop kreeg oom Manus hoop dat hij de maan nog een keer zou zien opkomen boven dit prachtige reservoir. Starend naar de geheimzinnige rimpeling van het water begon hij de aantrekkingskracht van de zee op zijn geliefde Elisabet te begrijpen. Wat een bekrompen leven had hij eigenlijk geleid! En toch wanneer zijn zwaarder wordende oogleden dichtvielen zag hij in zijn verbeelding niet het rimpelende water maar ringen – ringen van zonnig goud en maanbleek zilver, gegraveerd met patronen van eigen ontwerp. In zekere zin was het wel goed dat hij zolang niets had gegeten want hij voelde dat zijn staart wat dunner was geworden, zo zou de ring er gemakkelijker afgaan. Als Martinus nou maar een beetje opschoot! Brrr! De zon had zo'n lange weg afgelegd langs de hemel dat de schaduw van de struik langzaam over hem heen kroop. Plotseling was hij weer terug in de luchtkoker van de air-conditioning, waar een ijskoude luchtstoot zijn vacht tegen de haren instreek en het metaal koud als ijs werd onder zijn poten...

„Uwe genade! Wakker worden, uwe genade!"

Porde iemand hem met een bezem? Hij dwong zijn oogleden omhoog en zag twee vage gele cirkels. Nee, het was Brammert. Hij was dus in het park en wachtte op Martinus.

„Nu al terug?" mompelde oom Manus.

„Ik heb hem gezien, uwe genade, maar ik kon niet bij hem in de buurt komen!" riep Brammert schor. „Hij staat in een hol bovenin een boom en er staan wel een miljoen ratten omheen. En hij zwaait naar ze en zij springen en juichen alsof de laatste dag gekomen is!"

„Alsof de laatste dag gekomen is," fluisterde oom Manus. Ach, dacht hij glimlachend, dat is een veel mooier geschenk dan wat ik hem had willen geven. „Dat is mooi," voegde hij er zwakjes aan toe.

„Mooi, uwe genade? Ik heb van mijn leven nog nooit zoiets gezien! Zei ik een miljoen? Het waren eerder twee miljoen – twee miljoen ratten die allemaal als gekken stonden te krijsen! Zal ik proberen u erheen te dragen? Het is niet ver, daar even verderop bij de grote grasveld. Uwe genade? Kom nou, uwe genade! Wakker worden!"

Een groot aantal poten hielp hem uit het eekhoornhol naar beneden maar Martinus raakte de grond niet aan. Op de schouders van de ratten werd hij het park uitgedragen, aan het hoofd van een grote optocht. Bij het zien van de optocht kwamen de rolschaatsen en de skateboards van de jonge mensen gierend tot stilstand en draaiden de kinderjuffrouwen hun kinderwagens bliksemsnel om en gingen er hals over kop vandoor. Maar Martinus, die hoog gezeten de stoet aanvoerde, had zich van zijn leven nog niet zo fantastisch gevoeld. Te bedenken dat de schelpschilderijen die hij zomaar voor de lol had gemaakt tot zoiets hadden geleid! En dan te bedenken hoe hij anders door het park ging: zigzaggend door de schaduwen van de struiken en de banken om toch maar vooral niet te worden gezien! En nu vocht de hele rattenwereld om een glimp van hem – Martinus de superrat – op te vangen!

Toen hij gewend was aan het gevoel te worden gedragen leunde hij achterover op de poten die hem ondersteunden om van de omgeving te genieten. Hij keek recht omhoog. Bomen filterden de gouden stralen van de volle namiddagzon. Maar al waren de bomen bladstil, toch klonk achter zijn rug een geluid als een reusachtig bladgeritsel. „Hoera voor Martinus, de grote schelpenschilder!"

Martinus draaide zich om, glimlachte en wuifde om te bedanken voor het compliment. De optocht passeerde een vijver aan de linkerkant. Ook die leek flonkerend goud in het lage licht alsof de zonneschijn zich na een hele dag zon als regen in één grote plas had verzameld.

„...genie van zijn generatie!”

Martinus wuifde nog eens bescheiden en keek lui voor zich uit. Wat prachtig! Zelfs het gras leek van goud! Maar toen de stoet dichterbij kwam zag Martinus dat hij het mis had. Er groeide geen goudkleurig gras, het grasveld stond vol gele bloemen. Paardebloemen.

„Hoera voor Martinus, redder der ratheid!”

Plotseling leek het alsof de poten die hem droegen begonnen te knijpen. Paardebloemen... „Redder der ratheid!” Martinus kronkelde. Paardebloemenwijn! Zijn oom! Natuurlijk! Het was oom Manus, niet hij, die de kaden en de pakhuizen had gered! Hoe had hij hem zomaar kunnen vergeten? En dat eten waar hij voor zou zorgen?

„Wacht even! Zet me neer!” schreeuwde hij terwijl hij zich weer omdraaide. „Er is een vergissing in het spel! Ik ben niet degene die jullie moeten hebben. Het is allemaal een vergissing!”

De optocht hield stil. Maar de voorste ratten weigerden hem op de grond te zetten.

„Jij bent toch Martinus Mal-Rat?” riep een van hen.

„Jawel,” antwoordde Martinus. „Maar...”

„En jij hebt de schelpen toch geschilderd?” vroeg een ander.

„Ja, dat heb ik wel gedaan, maar...”

„Dan is er geen vergissing in het spel!” riepen ze in koor. „Je hebt onze woningen gered!”

„Maar ik ben het niet die voor het geld heeft gezorgd!” gilde Martinus. „Ik ben Martinus Mal-Rat junior maar. Het is mijn oom die de echte held is! Heeft iemand iets te eten bij zich?”

„Ik geloof dat mijn vrouw me wat kaas heeft meege-

154

geven," bekende meneer Uitewael-Rat en snuffelde aan zijn in folie gewikkelde pakje. „Oude kaas, denk ik – nogal scherp. Heb je honger, Martinus?"

Martinus dook ineen en sprong van het bed van poten af.

„Ga met me mee, meneer!" gilde hij toen hij voor de stoet op de grond neerkwam. „Vlug alstublieft."

„En Martinus racete weg, het park weer in, terug langs de rand van het grote grasveld. Meestal liep hij om de dichte braamstruiken heen, maar hij was nu zo kwaad op zichzelf dat hij er dwars doorheen ploegde. Meestal nam hij het voetgangersbruggetje over het ruiterpad rond het reservoir maar nu verloor hij alle voorzichtigheid uit het oog en schoot recht over het open sintelpad. Maar geen van de paarden die over het pad draafden verpletterde hem onder zijn hoeven. Want niet alleen meneer Uitewael-Rat maar de hele rattenoptocht was Martinus gevolgd. De paarden die niet de gebruikelijke twee of drie ratten zagen maar duizenden tegelijk, steigerden en galoppeerden weg met hun berijders in tegenovergestelde richting.

Martinus stormde de oever op en stond zo plotseling stil bij de laurierstruik dat de ratten vlak achter hem over elkaar heen tuimelden. Het waren allemaal jonge ratten. De oudere, zoals meneer Uitewael-Rat kwamen veel langzamer, hijgend en puffend, achter hen aan de helling op.

„Daar is jullie held!" verklaarde Martinus en wees onder de struik.

Een jonge rat die behoorlijke lange snorharen had voor zijn leeftijd, liep erheen en porde oom Manus in zijn zij.

„Dit vieze ouwe rattekereltje?" De rat snoof aan een open oogdruppelflesje naast hem. „Hij is zo zat als een muis."

156

„Hij is geen vies oud rattekereltje!" protesteerde Martinus.

Een paar ratten grinnikten. „Moet dat de redder der ratheid voorstellen?" vroeg één van hen. „Kom nou!"

„Hij is bijna doodgevroren om jullie kaden te redden," zei Martinus scherp en hij keek de spreker kwaad aan.

„Bijna?" zei de rat met de lange snorharen. „Hij is niet dronken, hij is morsdood!"

„Nee hoor, hij slaapt alleen, omdat hij de hele nacht op is geweest." legde Martinus uit. Tot zijn opluchting week de menigte uiteen om meneer Uitewael-Rat door te laten. „Mag ik alstublieft de kaas hebben, meneer?"

De hijgende meneer Uitewael-Rat gaf hem zijn pakje. Martinus haalde een stukje oude kaas uit het folie en hield het onder de neus van zijn oom.

„Eten, oom Manus!" drong hij aan. „Wakker worden!"

Oom Manus bewoog zich niet. Martinus zag tot zijn schrik dat zijn oom in de schaduw lag en vroeg zich af hoelang hij daar in het eekhoornhol had staan lachen en zwaaien.

„Bram! Help eens mee oom Manus in de zon te leggen!"

Uit de paardebloemenwijn maakte hij op dat Brammert in de buurt moest zijn, maar hij kreeg geen antwoord op zijn geroep.

„Is er een dokter in de buurt?" krijste meneer Uitewael-Rat die weer op adem was gekomen.

Terwijl een rattoloog door de menigte toeschouwers naar voren drong pakte Martinus de druppelaar uit het oogdruppelflesje en spoot wat gouden wijn tussen de lippen van zijn oom. Het liep zo weer naar buiten. Oom Manus' oogleden trilden niet eens.

„Kom, jongen," zei de rattoloog vriendelijk en probeerde Martinus weg te trekken. „Dat helpt niet meer.”

Meneer Uitewael-Rat kwam erbij staan om Manus te bekijken. De grote rat leunde voorover om naar zijn adem te luisteren. „Hemeltje!” riep hij geschrokken. „Ik geloof dat ik hem iets hoorde fluisteren!”

„Fluisteren?” riep Manus en hij rukte zich los uit de poten van de dokter. „Wat dan?”

„Tja. Het klonk als ’Mooi zo’.”

De rattoloog legde zijn oor op de borst van oom Manus.

„Dat betwijfel ik,” verklaarde hij. „Hij is dood.”

„Toch zou ik er een eed op kunnen doen dat hij iets fluisterde,” zei meneer Uitewael-Rat.

„Het zal de wind zijn geweest,” was de diagnose van de dokter. Er was inderdaad een windje opgestoken dat over het reservoir streek en de droge bladeren van de laurierstruik deed ritselen. Martinus rilde.

„U zult wel gelijk hebben. Niemand sterft met de woorden ’Mooi zo’ op de lippen,” gaf meneer Uitewael-Rat toe. „Kom maar mee, Martinus. Je oom zal een heldenbegrafenis krijgen. Hier onder deze struik is een mooie plek – heel geschikt.”

De andere ratten probeerden Martinus mee te trekken maar hij greep wanhopig de staart van zijn oom beet. De lippen van de andere ratten bewogen, maar door de wind in de bladeren en een vreemd gesuis in zijn oren kon hij niet verstaan wat ze zeiden. Hee! Het was in orde – de staart was steenkoud maar er zat geen ring om! Dit moest een andere rat zijn!

Of zat er een kaal randje om het begin van de staart waar een ring kon zijn afgegleden bij de tocht van de galerie hierheen?

Martinus hield zijn adem in en staarde strak naar het gezicht. Het was het gezicht van zijn oom – het gezicht waar hij zich in de pijp vol afschuw van had afgewend. Langzaam viel de wind weg en de bladeren werden stil als het publiek wanneer het doek opgaat.

„Hee, je gaat toch niet zitten snotteren, he?" vroeg de jonge rat met de lange snorharen.

Martinus staarde naar de vreemde grijze gezichten om hem heen. De onbekenden begonnen de staart van zijn oom los te maken uit zijn poten. En waarom waren die anderen een gat aan het graven?

„Hee zeg, jij moet toch zeker het goede voorbeeld kunnen geven," vermaande een oudere rat hem. „Jij bent tenslotte Martinus, de superrat."

Martinus probeerde uit alle macht terug te kruipen en zijn natte gezicht te begraven in de haveloze vacht van zijn oom, maar een heel stel poten trok hem mee terug naar de oever. Hij rekte zijn nek uit en keek wanhopig rond om de pakrat te vinden. „Bram, zeg tegen ze, dat híj Martinus de superrat is," probeerde hij te schreeuwen. Maar toen hij voor de rattenmenigte verscheen steeg er een geweldig gejuich op en zijn stem was niet hard genoeg om er bovenuit te komen. De woorden bleven in zijn keel, of misschien in zijn hart, steken en het enige wat eruit kwam was een droge snik – meer het geluid van een rattebaby dan van een grote held.

159

Brammert liep intussen al bijna twee kilometer ver weg tussen de rozenperken in de buurt van de dierentuin. De torren die boven aan de rozeblaadjes knabbelden zagen alleen een verfrommelde papieren zak over de grond hobbelen, daaronder liep Brammert. De zak bevatte de stuiver, die hij bij de paardebloemweide uit handen van zijn sluwe achterneef had weten te houden. Het was deze stuiver die hem zijn vrijheid had teruggegeven onder de struik bij het reservoir. Toen het hem niet meer lukte de oude Mal-Rat wakker te krijgen, had Brammert de stuiver onder de witte snuit van zijn vroegere partner gehouden. Geen spoor van adem had de munt doen beslaan.

„Gek dat er geen geld ligt hier bij het pad," mompelde Brammert in zichzelf terwijl hij voortscharrelde en van links naar rechts onder zijn zak uit tuurde. „Een andere rat moet dit terrein pas nog hebben afgestroopt, de duivel hale hem. Net iets voor een pechvogel zoals ik. Precies als die ouwe rattekop die er zo tussenuit kneep, toen ik net een aardig appeltje voor de dorst begon op te bouwen... Hmmm, er ligt tweeëntwintig cent achter die witte rots daar... Mij zo laten stikken... 'Alsof de laatste dag gekomen is... Mooi zo!' Nou voor mij is het allemaal niet zo mooi. Maar ach, wie denkt er nou aan míj? Het enige wat hem interesseerde waren die ringen en het zingen van die slijmerige liefdesliedjes. Hmmm, vijfendertig daar onder dat vogelbadje. Met de stuiver erbij zou dat het mooie ronde getal van veertig worden... Hmmm... Moet je mij horen, hij is nog geen half uur dood en ik loop al in mezelf te kletsen! Nou, het was mooi zolang het duurde. Maar eigenlijk heeft het me niet zoveel opgeleverd, nog niet de helft van wat ik verdiende, voor al die jaren dat ik zijn zaken heb behartigd... O ratdorie!"

Zijn papieren zak was aan de doorn van een rozestruik blijven hangen waardoor Brammert even zichtbaar werd. Op dat moment keek een mollig lieveheersbeestje, dat op een rozeblad zat uit te rusten van haar lunch, toevallig omlaag. En ze bleef omlaag staren want het was bepaald geen alledaags gezicht zo'n verlopen oude pakrat met schichtige, gele ogen die zo'n prachtig bewerkte zilveren ring aan zijn staart droeg.

Het riool was net zo rokerig als altijd. Vuurtjes smeulden onder de soepblikken en mevrouw Mal-Rat was druk bezig haar veren in de verf te dopen. De jonge ratjes maakten ruzie en de baby's piepten. Hoog op de helling legde meneer Mal-Rat de laatste poot aan zijn honderdzevende modderkasteel, terwijl hij uit een ooghoek al uitkeek naar een mooi plaatsje voor nummer honderdacht.

Zodra mevrouw Mal-Rat Martinus zag liet ze een helpaarse veer op de grond vallen.

„Mart! Is alles goed met je? Ik was doodongerust! Je hebt twee keer je avondeten overgeslagen!"

Maar niet zo ongerust dat ze ophield met veren verven, dacht Martinus terwijl hij naar zijn bed sloop.

Zijn moeder kwam naar zijn bed toe lopen. „Wil je niet een hapje eten, lieverd?" vroeg ze.

Martinus schudde zijn hoofd.

„Waar ben je al die tijd geweest?"

„In het park, voornamelijk."

Mevrouw Mal-Rat keek een beetje onrustig rond. „Je hebt geen voorraden bij je, zie ik. Ze zijn bijna op. Wil je de hoeden zien die ik heb gemaakt?"

Een traan gleed over Martinus' snuit. „Ik denk niet dat ik ooit nog voorraden zal halen, moeder. Ik denk niet dat ik ooit nog iets, wat dan ook, zal doen."

Zijn moeder veegde een poot af aan haar vacht en begon hem te strelen. „Nee maar, Mart, wat is er aan de hand?"

„Oom Manus is dood," kreunde hij „En dat is mijn schuld."

„Manus dood!"

„En ik liet hem alleen sterven. Ik stond te buigen en te wuiven naar de menigte in plaats van te zorgen dat hij in de zon bleef liggen."

„Buigen en wuiven naar de menigte?" Zijn moeder voelde aan zijn oren en zijn neus. „Geen koorts," zei ze. „Je hebt toch niet aan de paardebloemenwijn gezeten, he?"

Hij schudde zijn hoofd.

„Manus dood!" herhaalde ze. „De hemel beware ons! Ik geloof dat Liesjes boot dinsdag aankomt. Arm kind, wat zal ze overstuur zijn."

„Ze gaf nogal veel om hem," zei hij honend.

„Ja natuurlijk gaf ze om hem, lieverd. Alleen was zij niet geschikt voor het huwelijk met je oom. Ze pasten niet zo goed bij elkaar als je vader en ik."

Martinus wierp een sceptische blik op de modderhelling. Een rattebaby krijste. Martinus trok zijn beddegoed over zijn hoofd.

„Wat was dat dan voor menigte waar je naar wuifde, lieverd?" vroeg zijn moeder en trok de deken weer weg.

Nog maar een paar minuten geleden was Martinus omringd geweest door duizenden ratten, die hem het park uitleidden. Maar hun bewondering was onverdragelijk geweest en met zijn kennis van de riolen was het hem gelukt hen te ontsnappen door ergens in te duiken. „O niets," mompelde hij. „Ze hielden me voor iemand anders, dat is alles."

„Nou lieverd, ik weet zeker dat je je wat beter zult voelen na een ratteslaapje. Wil je niet eerst even een hapje van

163

het een of ander?"

„Nee bedankt," zei Martinus en hij trok de dekens weer over zijn hoofd.

Korte tijd later hoorde hij zijn moeder alweer neuriën bij haar werk. Toen hij insliep begon ze zich alweer bezorgd te maken over het paars dat opraakte.

Twee dagen lang bleef hij in bed liggen soezen en slapen – en toch putte de rust hem alleen maar uit. Zijn moeder zorgde ervoor dat er de hele tijd een pan soep op het vuur stond te prutpelen. Maar steeds wanneer ze hem hoorde bewegen en hem een lepel soep bracht zag hij weer voor zich hoe de wijn uit zijn ooms snuit liep en duwde de lepel weg. Hij had nog nooit langer dan een paar uur achter elkaar niets geknabbeld en nu duurde het al dagen. Hij had in feite niets gegeten sinds vlak voor de tocht naar de galerie van Hamel-Mens. Hij werd steeds zwakker. De derde dag dat hij in bed lag porde zijn moeder door de dekens heen met de pen van een veer.

„Mijn blikken zijn allemaal leeg, Mart lieverd, geen rood meer, geen paars, geen groen, geen zalmkleur, geen geel meer, niets meer," zei ze zielig. „Wil je mij alsjeblieft een plezier doen en iets eten? Als je het dan niet voor jezelf wilt doen doe het dan om kracht te verzamelen om bessen te gaan halen voor je arme moeder."

Hij tilde een hoekje van de deken op en tuurde naar buiten. Zijn moeder zag er zo zielig uit dat hij besloot nu meteen op te staan. Maar toen hij probeerde uit bed te stappen, werd hij bevangen door zwakte, schuldgevoel en verdriet.

„Het spijt me, moeder." Met een zucht viel hij achterover. „Ik heb er de kracht niet voor."

De volgende morgen maakte zijn moeder hem vroeg wakker voor de rattebaby's begonnen met hun gekrijs. Hij zag wel dat ze geen oog had dicht gedaan. Er waren inktzwarte kringen onder haar ogen waardoor haar grijze gezicht er afgetobt uitzag. „Wat moet er van mij worden zonder verf," kreunde ze. „Dan heb ik niets om poten. Ik zal zelf moeten gaan – of het aan je arme vader moeten vragen. Maar het is al zo lang geleden dat wij in het park zijn geweest. We zouden vast en zeker verdwalen."

„Nee, doe dat maar niet." Martinus deed een nieuwe poging uit bed te komen, maar hij merkte dat hij zijn hoofd niet eens meer op kon tillen. Wat vreemd! Hij had geen slaap en toch kon hij zijn ogen niet openhouden. Terwijl ze dicht vielen scheen het gepiep van de rattebaby's te veranderen in gejuich en was hij weer terug in het park en nam hij de ovatie van het rattenvolk in ontvangst terwijl zijn oom die het eigenlijk meer had verdiend, stervende was.

Het was dinsdag dus 's middags ging zijn moeder tante Elisabet afhalen. Toen ze terugkwamen deed Martinus één oog open en tuurde door een opening in de dekens. Tante Elisabet was neergevallen op haar exotische Franse sigarettendoos. Ze huilde en haar mooie gezicht zag er ineens oud uit.

Tante Elisabets gesnik hield de hele middag aan, en Martinus besloot dat de beste manier om voor de dood van zijn oom te boeten was zichzelf ook dood te laten gaan. Dat zou niet lang meer duren, vermoedde hij. Hij voelde zich met de minuut zwakker worden.

Plotseling schudde iemand aan zijn bed. „Dit gaat zo niet langer, Mart," klonk de stem van zijn moeder. „Je móet eten."

Hij probeerde met zijn hoofd te schudden maar het ging niet. „Nee, dank je wel," fluisterde hij met moeite.

Na een minuut voelde hij dat zijn dekens werden weggetrokken. „Kom, Mart sta op!" klonk de stem van tante Elisabet. „Ik heb iets voor je meegebracht."

Hij zei niets.

„Wil je me niet laten zien wat je met de laatste schelpen die ik heb meegebracht, hebt gedaan?"

„Daar zijn ze," fluisterde hij.

„O ja. Maar je bent er nog niet aan begonnen. Waar zijn de andere?"

„Weg."

„Weg? Waarheen?"

Met een stem zo zwak dat ze haar oor vlakbij zijn snuit moest houden gaf hij haar een kort verslag van zijn avonturen toen zij om de Bahama's voer.

„Dat is het dus," zei ze en ze streelde hem tussen zijn oren. „En waar woont die Isabel Uitewael-Rat, bij wie je je schelpen hebt achtergelaten?"

„Kade 62," fluisterde hij.

„Nee maar, wat een deftig adres," zei tante Elisabet sarcastisch. Voor haar was het ene vaste adres precies even alledaags als het andere. „Hoor eens, Mart lieverd. Je moet jezelf niet de schuld geven van wat er met Manus is gebeurd. Zoals hij dronk, had hij het toch niet lang meer gemaakt. Het belangrijkste is dat jij zijn naam voortzet – en dat je weer een goede zoon voor je moeder wordt. Ze is helemaal ingestort. Ze zegt dat als jij wegkwijnt ze al haar hoeden in de rivier zal gooien."

Hij kreunde zwakjes.

„Je bent een lieverd," zei ze. „Ik heb een paar nieuwe schelpen voor je meegebracht. Zodra jij weer op je poten staat zul je ze toch wel gaan beschilderen, he?"

Maar de gedachte aan zijn schelpen die de dood van zijn oom hadden veroorzaakt, was te veel voor hem in zijn verzwakte toestand. Tranen rolden uit zijn gesloten ogen. Ze kietelden zijn snuit maar hij was te uitgeput om zelfs maar te krabben. Hij probeerde met zijn ogen te knipperen – maar het ging niet. Het gepiep van de rattebaby's klonk verder en verder weg. Hij ademde steeds langzamer. Al gauw was zijn ademhaling langzamer dan in de diepste winterslaap. Hij deed een laatste dromerige poging met zijn staart te zwaaien – maar niets bewoog. Hij voelde zich

opstijgen en begreep dat hij de oversteek maakte naar het land van de gestorven ratten, waar zijn oom nu was. Maar hoe interessant het ook moest zijn om te zien, hij kreeg zijn ogen nog steeds niet open. Toen voelde hij iets warms tussen zijn lippen door geperst worden.

Martinus slikte een hap pap door. Stroomde er soms een rivier van pap op de grens tussen leven en dood? Zijn mond werd opnieuw gevuld – slik – en opnieuw! De warmte kroop omlaag naar zijn buik. Zijn ogen slaagden er eindelijk in zich open te worstelen. En daar zag hij, in plaats van de geest van zijn oom, zijn vaders gezicht. Zijn

vader hield hem in zijn poten alsof hij een rattejong was –
en was hem aan het voeren! Wat eigenaardig zo dicht bij
mijn vader te zijn, dacht Martinus suffig. Zijn vaders poten voelde heel stevig aan, ratletisch, en hij rook lekker
maar wel een beetje aards. Nadat hij hem gedwongen had
een halve pan pap op te eten, legde zijn vader hem neer,
gaf hem een klopje op zijn hoofd en klom zijn modderige,
kasteelrijke helling weer op.

Het warme voedsel werkte snel. Even later keek de opge-
leefde Martinus om zich heen. Twee nieuwe schelpen
stonden tegen het voeteneinde van het bed naast het vlin-
derschilderij, maar van tante Elisabet en haar sigarettendoos ontbrak verder elk spoor. Zijn arme moeder zat ineengedoken bij een van haar lege verfvaten met een glazige
blik naar hem te staren.

„Maak je maar geen zorgen, moeder," zei Martinus die
zich herinnerde dat hij tante Elisabet zijn woord, of tenminste zijn gekreun, had gegeven een goede zoon voor zijn
moeder te zullen zijn. „Morgen zal ik bessen voor je halen,
en wat veren ook – dat beloof ik."

De volgende dag was een van die benauwde vochtige zomerdagen waarop de meeste dieren zich zo min mogelijk bewegen. Maar Martinus hield woord. Hij hees zichzelf omhoog uit het afvoerputje op Columbus Cirkel en rende naar de vogelbroedplaatsen bij het reservoir in Central Park. Toen hij een heel boeket veren in zijn staart had, ging hij naar de bessestruiken bij het grote grasveld. Terwijl zijn wangen weer begonnen uit te puilen van de bessen en de bramen bedacht hij dat hij er veel minder bespottelijk uit zou zien als hij voortaan Brammert nadeed en een zak opzocht om de voorraden in te vervoeren. Maar ach, wat kon het hem schelen hoe hij eruitzag? Al zijn vroegere angst om voor gek te staan scheen nu kinderachtig en kleinzielig en van de besseplek rende hij rechtstreeks de open weide in zonder zich te verbergen.

Maar toen hij de schapeweide inliep bleef hij stilstaan. Er was als gewoonlijk geen schaap te bekennen maar er was wel een gevaarlijk groot aantal mensen: De gewone kinderen met hun raadselachtige ballonnen plus een hele massa volwassenen die al even onbegrijpelijk in de hete zon lagen te bakken. Plotseling werd het windstil. Het was bijna alsof de hemel zijn adem inhield. Door de stilte klonk een ver geroffel alsof een rat over een heet, zinken dak rende. Martinus keek op en zag een zwarte wolk zich als een inktvlek over de zomerlucht verspreiden. De bomen rond de schapeweide lieten de onderkant van hun bladeren zien en leken zilverwit tegen de inktzwarte lucht. Donder rommelde in de verte. De zonnebaders gristen hun handdoeken en hun zonnebrandolie mee en renden weg om te schuilen. De kinderen lieten hun ballonnen los en holden krijsend achter hun ouders aan. De ballonnen duikelden door de lucht. Toen de regen neerkletterde en alle ballonnen deed knappen en al Martinus' veren meesleurde, bleef hij alleen op de schapeweide achter.

Of was dat wel zo? De slagregen verblindde hem en daarom was het moeilijk te zien, maar toen hij achter zijn veren aanrende kreeg hij het gevoel dat hij niet alleen was. Hij keek opzij. Een vrouwtjesrat rende met hem mee. Haar vacht was doornat, vies en plakkerig.

,,Isabel!''

,,Oei!'' zei Isabel Uitewael-Rat. ,,Het is nog erger dan de vorige keer. En natuurlijk moest ik net nu mijn nieuwe paraplu vergeten hebben.''

Voor het eerst in dagen verscheen er een glimlach op Martinus' gezicht. ,,En je lint ook,'' zei hij.

,,Wil je wel geloven dat al mijn linten naar de knoppen zijn! Ik ben... nou het zal wel vrijpostig klinken, maar ik ben al een hele tijd naar je op zoek. En kijk nou toch hoe je eruitziet nu ik je eindelijk heb gevonden! Jij en die bessen van je!'' Terwijl zij lachte spuugde hij de bramen en de bessen uit en veegde zijn snuit af. ,,Weet je niet ergens een plekje waar we kunnen schuilen?'' ging ze verder. ,,Iets anders dan het riool?'' Ze hield een poot tegen haar lintloze hals. ,,Eerlijk gezegd heb ik mijn buik vol van riolen.''

,,Ik weet wel ergens een struik, Isabel. Bij het reservoir.''

Hoe dicht de bladeren ook waren, Martinus' laurierstruik bood geen al te beste bescherming tegen de regen. Maar daar zij aan zij, kijkend naar de druppels die het wa-

171

teroppervlak deden opspatten en rimpelen, vonden zij het geen van tweeën erg nat te worden. Het bleek overigens niet meer dan een van die korte stortbuien te zijn waarmee de natuur de verveling van de lange zomer doorbreekt – kort maar krachtig. Al gauw veranderde het geluid van de slagregen in het zachte getinkel van druppels die van bladeren afglijden. De zon kwam opgefrist weer te voorschijn en glinsterde op het water. Vogels flitsten tussen de bomen en zongen uit volle borst alsof ze het ontstaan van een splinternieuwe wereld wilden vieren.

„Ik weet wel dat vogels niet erg slim zijn," zei Isabel na een poosje, „maar ze zijn wel prachtig, vind je ook niet?"

Maar nog veel prachtiger dan welke vogel dan ook, was in Martinus' ogen de druipnatte rat naast hem. Verlegen zei hij dat tegen haar.

„Vind je echt?" vroeg Isabel. „Wil je dan mijn portret schilderen?"

O, maar ik ben opgehouden met schilderen."

„Wat? Doe niet zo gek, Martinus!" En daarna wat zachter. „Ik bedoel, zou je dat niet willen doen – voor mij?"

„Nou... misschien wel... voor jou."

Iets wikkelde zich om zijn staart. Hij keek om en zag tot zijn stomme verbazing dat het háár staart was.

„Nee maar, wat heb je daar?" vroeg hij toen hij een zilveren flits zag.

„Dat? Heb ik van jouw tante Elisabet gekregen.'

„Tante Elisabet?" vroeg hij verwonderd. En ja hoor, het was de ring van tante Elisabet, gegraveerd met zonnen en de schijngestalten van de maan. „Hoe ken jij tante Elisabet in 's hemelsnaam?"

„O. Ze kwam gisteren bij ons langs. Ik was helemaal afgepeigerd – ik was weer langs de struiken gegaan op zoek

172

naar jou – maar ze was heel lief en begrijpend. Ze wou me niet vertellen waar je woonde. Ze zei dat daar niet veel horizon was en ze vond dat we elkaar beter konden ontmoeten waar er wel een was. En ze gaf mij deze ring en zei dat ze hoopte dat ik hem meer recht zou doen dan zij. Het is absoluut het mooiste wat ik ooit heb gezien, Martinus – op jouw schilderijen na dan.''

De hele tijd bleef haar staart zomaar om de zijne heenge-

wikkeld. Het water dat rood oplichtte in de schemering scheen buiten zijn oevers te treden en Martinus' hart binnen te stromen. Maar na een tijdje smolten de kleuren van de zonsondergang ineen en verdwenen achter de horizon. De vogels beëindigden het laatste deel van hun symfonie. De nacht viel over het park en Martinus' droefheid besloop hem opnieuw. Ergens onder hen lag oom Manus begraven, maar de regen had de merktekens die de ratten hadden achtergelaten, weggespoeld.

„Ik zou willen..." begon hij. Daarna zuchtte hij.

„Ik weet het," zei Isabel. „Maar vergeet niet dat hij nu deel uitmaakt van de geschiedenis der ratheid."

Hij keek haar dankbaar aan. „Maar alleen als een naam."

„Ja, dat is wel waar. Ze zullen hem nooit echt kennen." Ze zuchtte ook. „Ik wou dat ik me de woorden van een van zijn liedjes kon herinneren."

„Ik heb hem er een keer een horen zingen." Martinus wikkelde zijn staart wat steviger om de hare en staarde naar de maan. Heel even werd de wazige, donkere vlek op het gezicht van de maan helder, helder genoeg om later uit zijn geheugen te kunnen schilderen, als hij dat ooit zou willen. Het was het silhouet van een haveloze rat.

Zachtjes zong Martinus:

> „Ringen binnen in de bomen
> ringen rondom zon en maan
> Ringen gesmeed door rattenengelen
> of uit de fabriek vandaan."

Hij hield op met zingen toen hij bedacht hoe hij zelf ook binnen in een boom had gezeten toen de rattenmenigte

174

hem omringde. „Dat is alles wat ik me kan herinneren."

„Mmm. Het lijkt wel een soort slaapliedje," zei Isabel dromerig. „Heb jij geen slaap?"

Hij bekende dat hij wel slaap had. „Ik denk dat het tijd wordt om naar huis te gaan. Arme moeder. Ze zit te wachten op haar veren en haar bessen."

Tot zijn verrassing liet Isabel zijn staart niet los.

„We kunnen morgen toch wat voor haar verzamelen," stelde ze na een poosje voor. „Als ik meehelp kunnen we twee keer zoveel meenemen. Kun je je mij voorstellen met wangen vol bessen?"

„Bedoel je, vannacht hier blijven?"

„Nou, het is hier helemaal niet gek."

„Maar Isabel, straks vat je kou. Je bent doornat geworden."

„O ik ben alweer droog. Ik heb het van mijn leven nog niet zo warm gehad."

„Ik ook niet," mompelde hij maar al te bereid haar haar zin te geven.

Toen ze hem een nachtzoen gaf had hij het gevoel dat hij over het water weggedreven was naar dromenland. En het duurde niet lang of hij voer echt een prettige droom binnen, want de drukke dag had hem na het lange vasten erg moe gemaakt. Isabel viel iets later in slaap. Ze had gehoord dat dit deel van het park 's nachts nog wel eens werd doorkruist door kwaadaardige ratten en net toen ze bijna sliep ritselde er iets in het struikgewas achter hen. Ze kroop nog dichter tegen Martinus aan en spitste haar oren. Maar er waren verder geen enge geluiden dus vielen haar ogen geleidelijk dicht in het maanlicht en raakte ook zij in een diepe slaap.

Ze zou niet rustig zijn ingeslapen als ze zich had omge-

175

draaid bij het geritsel en de ratteogen had gezien onder de struik ernaast – want het waren erg gele en schichtige ogen. Maar ze was in slaap gevallen en haar staart ontspande zich en wikkelde zich los van de andere. Behoedzaam als een kat sloop de rattespion onder de struik vandaan en liet iets zilvers om Martinus' staart glijden. Het paste precies bij de ring om de staart van de jonge vrouwtjesrat.

De spion sloop terug naar een andere struik, hees een papieren zak op zijn rug en slenterde weg langs de oever van het reservoir. Zijn zak rinkelde van allerlei nieuwe schatten: paperclips, stuivers en kroonkurken, maar niets zo waardevol en glimmend als wat hij net had weggegeven. Hoe pijnlijk het ook was geweest, hij begreep nu wat hem ertoe had gebracht het te doen. Zo'n slechte zaak was het eigenlijk niet. Want hij had nu een verrassend prettig gevoel dat door hem heen tintelde van zijn snuit tot aan zijn staart. Een gevoel alsof hij van top tot teen was schoongewassen in het maanverlichte water.

Het gevoel maakte dat Brammert zelfs zin had in zingen, nota bene. Hij was nooit erg in geweest voor dat soort nonsens – trouwens zijn stem was verschrikkelijk krasserig en schor zelfs voor een pakrat. Maar eerlijk gezegd had hij zijn oude partner de laatste paar dagen heel wat erger gemist dan hij had verwacht. En toen hij ver genoeg weg was om de slapende ratten niet wakker te maken kraste hij schor het tweede couplet van het lied van zijn oude vriend:

„Ringen zullen het hart omgeven
van de liefste die je kent.
Maar alle ringen vormen cirkels,
zonder begin en zonder end."

176